GOBOOKS
& SITAK
GROUP©

U0000362

GOBOOKS
& SITAK
GROUP©

三日月書版

三日月書版

中卷
ゆうとやわ
蝙蝠 著
日々 繪
幽都夜話
輕世代
FW312
三日月書版

Y U T O Y A W A

C O N T E N T S

幽都夜話

Y U T O Y A W A

C H A R A C T E R
「我被人殺死，
也在你的預計之中嗎？」
雲泰清
死而復生的痞氣少年。
Y U T O Y A W A

CHARACTER
泰昊
身世成謎的隔壁鄰居。
「沒有求生欲望不是你的錯，
我不該遷怒於你。」
YUTOYAWA

第一章

Y U T O Y A W A

在夢中，雲泰清聽到了鐘樂之聲，聞到了焚香的氣味中，陳腐的和新生的味道。有人在念著晦澀而冗長的唱詞，天地間的氣息正發生著翻天覆地的變化。新生的蓬勃之氣在萬物中生長，陳腐的味道逐漸散去，眼看就要消失。

「為了這個世界奉獻了一切的人是誰？是我啊！你們居然如此輕易地放棄我！無知之人！無知之人！你們懂什麼！誰也不能代替我！我才是真正的——」

陳腐的氣息垂死掙扎，而新生的氣息卻帶著傷痕和血腥之氣，毫不猶豫地將它吞噬。

小小的老鼠獨自站在高山之巔、最高的那一尊怪石上，松樹的針葉落下，拂過他毛茸茸的臉。

新的皇帝帶著他的萬千子民向著那新生的尊神九叩九拜，高唱：「萬民之所瞻仰也。草木生焉，萬物植焉，飛鳥集焉，走獸休焉，四方益取與焉，出雲道風，嵷乎天地之間……」

清新的空氣歡快地撫過他的背毛，雲泰清可以感覺到新生的神祇給予他的柔和力量。但他身邊沒有那十位兄弟姐妹，他只感覺到無盡地孤獨。

孤孤單單的小老鼠，流下了一滴眼淚。

新生的神祇輕輕地抓起他放在肩頭，他的爪子緊抓著他的黑袍。那件黑袍的質地如流水般輕柔，閃爍著銀色流光。他冰冷的旒冕寒珠垂落在小老鼠身上，一個親吻落在他圓圓小小的耳朵。

「你想要什麼？」

他悲傷地說：「我要我的兄弟姐妹。」

「為什麼？有我，還不夠嗎？」

「我要我的兄弟姐妹！」他吱吱地尖叫，憤怒地在他的指尖上留下抓痕。

「……對不起。」

新生的神祇抓起他，將他丟進了萬丈深淵。

在無限的靜寂之後，雲泰清聽見了嘈雜的聲音。

他再次看見了他的同伴。但這一次，他們不再是與地面平齊的高度，他們開始用後肢走路，在樹上歡快地跳躍攀爬。他們雖然不再是兄弟姐妹，卻仍是再親密不過的群體。

之後的夢又開始光怪陸離起來。

他飛上枝頭，他潛入海底，他生長於高山，他在狂風中博弈。

最後，他們進入了人類的世界。

開始用最清晰的意識，享受著生命和親情的每一秒。

然而故事並沒有就這樣結束。他們的生命並非無窮無盡，不知從何時起，他的兄弟姐妹們一個一個地死去。

他們驚恐，他們慌亂，他們茫然，他們無能為力。

十、九、八、七、六、五、四、三……

幽都夜話

莫名其妙地，他和最後的哥哥姐姐彷彿遭受到來自全世界惡意的追殺，哥哥和姐姐拚著最後一口氣將他送上了那個神祇曾經封禪的祭壇，那位神祇的岱廟。

他眼睜睜地看著慢了一步的他們慘叫著被黑霧吞噬，而熟悉的氣息將他包裹起來，將他與那死氣隔離。

「對不起。」新生的神祇溫柔地對他說。

他尖叫起來。

「我不要你的對不起！我不要那些道歉！我只要我的兄弟姐妹！要他們能再次存在於這天地之間，我寧願回去做那只有彈指之壽的螻蟻！」

「對不起。」

又是那句話。

還是那句話。

他衝著那位新主神發洩憤怒，用盡全身力氣對那虛幻的存在拳打腳踢。

為什麼是他！為什麼剩下的又是他！

新生的神祇不顧他的掙扎，毫不猶豫地伸開雙臂，向他擁抱過來。

他們緊緊擁抱著，彷彿化作了一體。

很久，又彷彿只是一瞬間，他又變成了極小極小的一團，就像當初的那隻小老鼠，如同一個新生的小小生命，蜷縮在神祇的胸前。

在那之後的夢就好像被什麼切斷了一樣，一股劇痛鑽進他的頭部，在他的腦子裡無情翻攪。

雲泰清猛地從水中坐起，震耳欲聾的聲音在耳邊尖利地嘶吼。

那是他的尖叫。

泰昊坐了起來，也不打擾他，只是輕拍他的背。

直到胸腔之中的氣息用盡，雲泰清才終於停了下來。

泰昊轉頭對白麗說：「怎麼樣？」

白麗走過來蹲坐在雲泰清身邊，手上發出微光，從雲泰清的頭頂一直摸到脊椎。

泰昊又問了一遍：「如何？」

白麗呼了口氣，說：「已經好多了，之前的傷都開始癒合了，他可能會恢復以前的記憶，元君那邊……」

「元君那邊，沒有問題。」泰昊說完，從浴缸中站起來，走了出去。

白麗的目光閃了閃，望向雲泰清的時候，卻垂下了眼簾。

也不知道是不是白麗做了什麼手腳，雲泰清的衣服已經被腐蝕得一點不剩，泰昊的衣服卻毫髮無損，連濕痕都不曾有過。

浴缸中的黑水已經變成無色，清澈見底。之前如有實質的黑色黏稠就好像是一場夢一樣。

雲泰清摸了摸有點疼的腦袋，想起剛才他們的對話，問道：「你們剛才在說什麼？」

白麗一隻手扶著浴缸的邊緣站起來，一臉不知是如釋重負，還是更加陰沉的微笑，

「您想起來了，對不對？」

雲泰清莫名其妙地問：「妳在說什麼？」

白麗的表情僵在臉上，「您不記得？不……您怎麼會沒有記憶呢？就算不清晰也該有點印象才是，您最喜歡自己是老鼠時候的記憶了……不該不記得……」

夢中的景象噴湧而出，迅速地湧入雲泰清的腦海。

雲泰清目瞪口呆。

他以為那只是夢而已！

他腦子裡冒出了一個大膽的想法。

為什麼泰昊能阻礙他與地府的聯繫？為什麼他們能對他的魂魄做手腳？為什麼他們每每都能讓他死而復生？

但現在，誰也找不到他的魂魄。就算是泰昊，也需要通過「帳戶金額變動」這種科學的線索來追尋他的下落。

是誰，決定了他如今的境況？而這又是為了躲避誰的追查？

雲泰清從水中起身，和以前一樣手軟腳軟。白麗扶他出了浴缸，又替他穿上一件黑

色浴袍。

雲泰清突然說：「我知道了，泰昊是傳說中的閻羅王，而妳和其他的手下就是黑白無常，對不對？」

白麗哽了一下。

「……我們都表現得這麼明顯了，您到現在還不知道我們是誰？」她不可思議地問，「您這麼多年帶著記憶轉世，好不容易修來的智商呢？您的腦容量還是老鼠嗎？」

他沒好氣地說：「我一直問你們是誰，是你們都不告訴我好嗎？我又不是你們肚子裡的蛔蟲！」

白麗深深地嘆了口氣，看著他的目光就好像在看一塊腐爛的朽木，「在您小時候，在主子第一次跟您見面的時候，主子就告訴您他的大名了。」

泰昊的名字……

「泰昊的名字怎麼了？」

白麗露出了不忍卒睹的表情，一臉「同此智障說話簡直拉低了本人智商」。

而雲泰清終於反應過來了。

他曾經看過泰昊……不，應該是「太昊」這個名字。

那個時候，雲泰清剛剛經歷認親風波，母親嚴令禁止他再跟泰昊見面，便帶他跑去泰山旅遊（順便談談生意）了一段時間。

母親忙著談生意，雲泰清就自己去遊玩。泰山擁有數不清的神話傳說，其中一個便是關於「東嶽大帝」——名曰「太昊」，與泰昊僅一字之差。於是雲泰清好奇地在那裡盤桓許久，幾乎要把東嶽大帝的介紹背了下來。

東嶽大帝，全稱「東嶽泰山天齊大生仁聖大帝」。祂的來歷眾說紛紜，道經《洞淵集》云：「泰昊為青帝，治東岱，主萬物發生。」《枕中記》亦云：「太昊氏為青帝，治岱宗山。」

傳說東嶽是群山之母，五嶽中心，天地神靈所居住的地方。於是經過長期的演化，作為泰山之神的東嶽大帝便成了天上至高神的子孫，掌管世間一切生物，是上天與人間溝通的使者，主宰著人間生死禍福。東嶽大帝另有一稱為「泰山府君」，或「酆都大帝」，兼管陰曹地府，掌管十殿閻羅，執掌一切輪迴，為天下鬼魂之宗。《後漢書．烏桓傳》曰：「如中國人死者歸泰山也。」東漢出土的鎮墓券中，也常有「生人屬西安，死屬泰山」的說法，說明這位神仙主宰生的同時，也主宰死亡。

但雲泰清始終沒有把這兩個名字聯繫起來。畢竟那時年紀還小，加上「太昊」和「泰昊」的字又不一樣。最重要的是，誰會把身邊的人和神話裡的神仙聯繫在一起啊！

仔細想想，其實泰昊從來沒有說過他的名字是哪個「泰」字。是雲泰清堅定不移地認為對方的名字應該是泰山的「泰」。

既然泰昊真的是東嶽大帝，就憑他小時候對泰昊說過的蠢話、做過的蠢事，他能安安全全活到現在，確實是個奇蹟呢。

雲泰清抖了一下，「呃……既然泰昊是神仙，那我豈不是……神二代？」

白麗簡直不想跟他說話了，嫌棄滿滿地從她身上每一個毛孔裡鑽了出來。

她將雲泰清推進須彌芥子，把他丟在柔軟的床鋪上，這才說道：「您怎麼可能是主子的兒子呢？雖然主子的確希望您是他兒子，可惜您不是。為了讓您成為他的兒子，您不知道他折騰了多少年、弄出了多少事情出來……但直到現在，您也只是『少爺』，不是『少主』。」

雲泰清恍然大悟。

在很小的時候，他們就一直用「少爺」稱呼他了。

如今，他終於注意到了區別。

泰昊是「主子」，而自己卻是「少爺」。

在他夢中的那些兄弟姐妹們，也統統被稱為「少爺」和「小姐」。

他們不是「少主」。

失望了兩秒鐘，雲泰清想起了另外一件事，問：「在夢裡，我還有十個兄弟姐妹，他們在哪裡？」

白麗僵了一下，看向房間門口。泰昊正站在那裡。

泰昊身上穿著繡著銀色騰龍的黑色冕服，典雅華貴，嶽峙淵渟，只是站在那裡，就像泰山般高大沉穩。

泰昊向白麗點了點頭，白麗屈膝示意，轉頭看了雲泰清一眼，便走了出去。

泰昊走過來，坐在雲泰清身邊。

「你想問什麼，問吧。」他說，「但有些事我不能告訴你。我不能說，但絕對不會騙你。」

雲泰清說：「好。」然後發現自己躺著的姿勢實在太沒氣勢，於是無視肌肉的抗議坐了起來，平視著他的眼睛。

「還是剛才的問題。我夢裡的事情，是真的嗎？」

「是。」

「你就是東嶽大帝？」

「是……也不是。」泰昊移開了目光，又看向他，「傳說和現實總有些距離，你所知道的，有些是真，有些是假。你把我當成那個什麼大帝也沒有錯，我一時不好解釋，但你以後會慢慢明白。」

「我之前曾經問過你們的身分，但你們每次都不跟我說，為什麼這次這麼坦率地回答了我的問題？」

泰昊說：「以前你的魂魄不穩定，我用了很多年才讓你慢慢趨於平穩，有些事情可能會刺激到你，所以他們什麼也不能說。而這一次，你的魂魄受到重傷，白麗對你用了禁藥，過程非常痛苦，但會讓你的魂魄暫時恢復較為安定的狀態，一些不算重要的線索就算告訴你，也沒有什麼關係。」

雲泰清不解地問：「以前為什麼不這麼做呢？」非要用幾年的時間，陪伴在他身邊？

泰昊看著他，目光中帶著對不懂事孩子的憐憫。

雲泰清想起剛才在浴缸中醜態百出的自己，尷尬地咳了一聲，趕緊轉移話題：「既然在夢裡的事是真的，那我有十個兄弟姐妹？他們轉世到哪裡了？為什麼我沒有見到他們？」

泰昊垂下眼睛，須臾，伸出一隻手，輕輕地撫摸他的頭頂。就像夢中，他用指腹撫摸那隻小小的老鼠。

「他們……已經回到了該去的地方。」

夢中的事情太過離奇，雲泰清不是很明白，於是追問道：「什麼該去的地方？」

泰昊看著他，輕聲說：「你忘了嗎？」

泰昊漆黑的瞳仁定定地看著他。那一瞬間，雲泰清突然想起了最後那吞噬了兄姐的黑霧。他記得他們臨終前的掙扎和最後消失的痛苦，那樣強烈的疼痛，彷彿傳遞到他自己的身上，令他感同身受。

實在太痛苦了。

雲泰清的身體發出輕微的震顫，彷彿疼痛正穿越千百年的時間，再次傳遞到他的身上。

泰昊的手放在他的頭頂，一股溫暖的力量從上而下灌入，沖刷過四肢百骸，那股虛幻的疼痛立刻消失，只剩下流淌於經絡中細細的溫暖。

這大概是他魂魄不穩定的緣故，否則不應該有這麼大的反應。

「從哪裡來，往哪裡去。」泰昊說，「所有人都一樣，他們如此，你也不例外。」

雲泰清有點迷惑地點了點頭。他明白，塵歸塵、土歸土，生於天地，最後終將歸於天地。

直到很久以後他才明白，他和他的兄弟姐妹雖然生於天地，卻不曾回歸天地。他們的歸處，另有他途。

「最後一個問題──」雲泰清鄭重地說：「派周建成和幻貓阿夢來殺我的人究竟是誰？那個在周建成屍體上顯現出來的幻影是誰？要殺我的是她嗎？她為什麼要殺我？」

儘管有些不確定，但雲泰清心裡已經將整起事件理出了大概的脈絡。那個女神的幻影不會白白出現。周建成說了，他做的一切都是為了主子，即便會導致他自己四分五裂，也要從體內釋放出那個女神的幻影──僅僅是幻影的威壓，都幾乎要了他的性命。

那個女神，肯定就是周建成的主子。

那麼問題來了，那個女神到底是誰？她與他有什麼深仇大恨？她要他的魂魄幹什麼？為什麼在看到她之後，就立刻喪失了一切求生意志？

雲泰清很確定，有一瞬間他感覺到了自己和她之間不可言說的神祕聯繫。那種感覺，他只在泰昊身上感受過。和泰昊手下的那些聯繫完全不同，是更深層次的，是骨肉血脈、靈魂深處無法撕裂的糾纏。

聽了他最後一個問題之後，泰昊一直沉默。他放下撫摸他頭頂的手，輕輕拂過袖口。

「她……屬於不能說的範疇。」

雲泰清的腦袋往後一仰，一下子撞到了身後的牆，然後又撞了幾下，最後還是忍無可忍地衝泰昊大叫起來——

「你到底還有什麼事能告訴我？啊？她可是要殺了我！我差一點就要被她殺死了！你卻連我們之間有什麼恩怨都不——能——說——！是不是要等到她把我徹底殺死才願意告訴我理由啊？她不光是要我死！她還要我的魂魄！我根本無法想像她要拿我的魂魄去幹什麼！你知道什麼叫死不瞑目嗎？到時候我就是死不瞑目啊你明白嗎！死！不！瞑！目！」

泰昊看著他抓狂的樣子，卻意外地沒有生氣，就像在看著無理取鬧的孩子一般，帶著無限的縱容和無可奈何。他輕輕按住雲泰清的手，這個動作奇異地消滅了雲泰清的怒氣。雲泰清撇撇嘴，還是平靜了下來，乖乖地看著泰昊。

泰昊道：「她的確想得到你的魂魄，但不是你想的那樣。她對虐待你沒有興趣……或者說，已經沒有興趣了。她只是希望從你身上得到某些東西。你不必再問，我現在只能說這麼多。」

雲泰清扳著手指數了半天，今天泰昊跟他說的話之多，完全出乎他的意料之外。他向來不會說謊，「只能說這麼多」就代表不會再透露更多的情報了。

不過他還是心有不甘。

他跟那位女神是什麼關係？他們之間有什麼恩怨？為什麼他會在她身上感覺到某種聯繫？是因為她曾經虐殺過他，他才會在見到她的同時喪失求生意志嗎？

不，他並沒有感覺到刻骨的仇恨，他只覺得心死如灰，毫無求生意志。

他試探地問道：「別的我就不問了，我只有一個問題。你能不能告訴我，我和她之間的聯繫，是好是壞？」

泰昊猶豫了一下，說：「是好的。」

你騙鬼啊！

雲泰清瞪視著泰昊，不敢相信他居然對自己說謊！

「是好的聯繫，我會喪失求生意志？」

泰昊無奈地說：「不是那個意思。你們之間的聯繫是好的，造成你沒有求生意志是她……」

一直扒在門框上的白麗尖聲打斷了他的話：「主子！」

泰昊立刻不再說話。

雲泰清瞪著白麗，用嘴型罵她：臭女人！

她也用嘴型回罵：小混帳！

泰昊按住雲泰清，將他硬是按倒在床上，然後自己也躺了下來，躺在雲泰清的身邊，將他攬在懷裡，讓他們之間擁有最大程度的接觸。

雲泰清不情願地蠕動了一會，終於鑽進被子，床單絲滑的觸感讓他發出了舒服的喟嘆。

在經歷了仇人的婚禮、混亂的殺戮以及痛不欲生的治療之後，還能有如此享受，簡直讓人眼淚都要掉下來了。

也許最主要的，是泰昊就在身邊。

在這與世隔絕的「須彌芥子」裡，和泰昊在一起。

雲泰清側過身，抓住了泰昊的衣服。

「你總是跟在我身邊，就沒有自己的事情要做嗎？」他咕噥。

泰昊「嗯」了一聲，淡淡道：「沒有辦法。你的事最重要。」

雲泰清：「……」怎麼回事？總覺得有點感動！

不過他並沒有感動太久，他實在太累了，閉上眼睛就立刻陷入無邊的黑暗。

雲泰清以為自己會陷入無夢的深眠，可惜他猜錯了。

從閉上眼睛的那一刻起，他就墜入無數重疊的夢境。

不像之前，這一次，他很清楚自己在做夢。

無數的夢境層層錯雜交疊，他彷彿同時投生在所有前世身上，經歷了無數次的出生、長大和衰老，最後迎向死亡。

剛開始雲泰清還有點糊塗，以為自己陷入了什麼奇怪的小說設定裡。到後來卻發現，他只能眼睜睜看著那些事情發生，無法改變進程，只能看著自己將想要的東西握在手中，又無可奈何地失去。

因為那是已經發生過的事情，即使是擁抱著他的神祇，也無法改變已經結束的故事。

等那些故事慢慢走到尾聲，所有的「前世夢境」驟然停留在死亡的前一刻，無數情節像電影剪輯一般被強行擷取出來，停留在空中，變成一條長長的巨蛇。

那些記憶片段，是「雲泰清」學習各種技能、符咒、陣法的過程和經驗總結。它們依序排列，逐漸變成細長條狀，被一個突然出現的黑色巨口吞吃下去。

無數光怪陸離的畫面如狂沙傾洩，鑽進了他的腦子，無數生生世世的一切經歷都清晰地映入腦海。尤其是為了努力保護他的兄弟姐妹們，以及——根本不需要他保護的泰昊。

他轉世過很多次，以各式各樣的身分出生，然後死去。除了後來有好幾百年的記憶驟然中斷之外，他每一次轉生都攜帶著自己的記憶。他剛開始成為「人」的時候，還饒有興趣地學習著人類的一切，無論是天文地理，還是神通法術，他都如飢似渴，如同海綿一般吸收著那些新奇的知識。

可是，每當他再次轉生，他所學習的一切都會回到原點。

他覺得實在麻煩了！

所以在數不清的輪迴之後，他決定將有限的精力專注在陣法和符咒上。

這兩樣東西不需要法力與傳承，只依託於天地靈氣。因為泰昊的緣故，他的魂魄尤為特殊，讓他每一次轉生都可以瞬間掌握曾經學會的陣法和符咒。

在他的影響下，他的哥哥姐姐們對此也有所涉獵，其中一位姐姐更是精通此道，甚至最後的時刻……

雲泰清的身體動了動，驟然恢復的恐怖記憶幾乎令他從夢中驚醒。幾乎是立刻地，他的大腦瞬間掐斷了那可怕的回憶，並將它深深埋藏，不願面對。

他又回到夢中，看著依然在吞噬記憶的巨口，心想：我為什麼會想起這些事情呢？我就是個普通人，現在大仇已報，也沒什麼事情需要解決，為何偏偏在這個時候回想起前世的記憶？

那渾身漆黑的巨口彷彿聽到了他心中的話，頓了一下，便轟隆隆地笑了起來。那聲音像極了雲泰清自己的笑聲，只是高低清沉混雜交錯，彷彿無數生世中的自己同時在跟他說話一樣。

「都這麼多世了，怎麼還這麼傻，怎麼還這麼傻！」

雲泰清眼前浮光掠影般閃過許多畫面，那是他死亡的結局。

「人固有一死……我又不是泰昊，我總會死的。」不過和別人不同，他會在泰昊的安排下重生。死亡，不過是他其中一種狀態而已。

巨口不贊同地晃了晃，就像在嘲笑他一般搖著頭。

那些記憶又開始飛快地流轉起來，交纏變換，重新在虛空中凝聚成一條新的長蛇。

第一世，他被人踩死。

第二世，他被殃及而燒死。

第三世，他被砍伐。

第四世，他被人煮食。

第五世……

第九百八十世，在他的兄弟姐妹們都死亡之後，他莫名其妙地窒息而死。

雖然說人生八苦，可他的苦難也為免太多了！

一世一世地恢復記憶也就罷了，但現在所有死亡被同時擺在面前，雲泰清才突然意識到，他這麼多次輪迴轉生，竟沒有一次壽終正寢。

漆黑的巨口道：「還記得嗎？因為這個，泰昊禁止你再轉世進入人間。」

它說得沒錯，數百次輪迴中，他當「人」的次數不算多，但無論他轉世成什麼，仍舊會死於非命。

只不過這些「意外死亡」對地府而言似乎都是「壽終正寢」，所以連他自己都沒有注意到這一點。最後是在被人抓去烤小鳥之後，他不開心地向泰昊抱怨了幾句，泰昊這才注意到他不正常的死亡。

當時……似乎是誰……掌管著他的每一次轉世？

無盡的黑夜，廣袤荒涼的大地，只有一條長長的鐵鏽色河水從遙遠的天際垂落，凌厲地劃過大地，消失在黑暗的另外一邊。

無數的遊魂在大地上擠擠挨挨地行進，穿過懸掛在河面上的寬闊橋面，在無數黑衣人和白衣人的嚴密監視下，灌入一口口黃泉之水，然後無知無覺地進入另一方世界。

雲泰清也飄飄忽忽地擠了過去，腦中沒有一點記憶，只記得和別人一樣等著喝自己的那碗湯。他彷彿被分成了兩半，其中一半意識清楚，明白自己是雲泰清，正在和泰昊一起睡著，眼前的一切不過是夢而已；而另一半意識卻彷彿回到了那個渾渾噩噩的時候，腦海中一片空白。

然而就在他到達橋上時，看守橋頭的黑衣人和白衣人互相看了一眼，忽然將他架起來，沒有一點解釋，就腳不沾地飛奔而去。

他被帶到一座小小的偏殿，上面掛著一塊牌匾，用幾乎難以分辨的古體寫著「轉輪司浮游殿」。

和傳說不同，勾人魂魄的並不是黑白無常，而是黑白浮游。剛才送雲泰清過來的，就是陰司的守衛浮游。並沒有什麼十殿閻王、孟婆或地藏之類的職稱區別，除了泰昊之外，所有的地府人員都是浮游；粗略地分工之後，部分管理人員被稱為浮見。

所以黑鶩這個追蹤部浮見，負責管理追蹤部所有的浮游。

至於為什麼叫浮游……其實黑白無常也好，閻王判官也好，都只是一個稱呼罷了。於是在雲泰清某一世回到地府後，歡快地向泰昊形容自己親眼所見森林中大片蜉蝣飛旋的美麗景象時，這個名稱就被定了下來。

這不是他的錯。

又不是他決定的。

是泰昊的主意，關他屁事。

至於後來的追蹤部和視察部，在這個時候都是不存在的。雲泰清忽然想到，泰昊在多年之後突然設立這麼兩個部，究竟是為了什麼緣故？

轉輪司偏殿裡，一個身穿白色襦裙的女子正在巨大的案几後方奮筆疾書，幾個黑衣和白衣的浮游在一旁為她遞送著書卷筆墨，而她一身白衣沾滿墨跡，連髮髻都歪斜凌亂，筆下的動作快到幾乎無法分辨。即使這樣，她的速度還是趕不上源源不斷送來的卷宗數量。

不知為何，雲泰清看不清她的臉，只能看到一片模糊的景象，似乎有什麼東西遮掩了她的容貌。

感覺到有人進入偏殿，她頭也不抬地罵道：「給我滾出去！什麼玩意都往我這裡送！我不用休息嗎！送去那個沒用的黑判那裡！看他閒的！」

兩個浮游撲通一聲趴在地上，諂媚地笑著看她，似乎已經習以為常。

白衣女子又批閱了幾份卷宗，這才撥冗抬頭看了一眼，正想破口大罵，卻在看清雲泰清的臉後，忽然定住了。

她沉默了一會，對那兩個浮游說道：「你們做得好，獎勵我之後會給，下次還是要及時這樣做。」之後她不再管源源不絕的卷宗，揮手讓那幾個浮游退了出去。

那兩個浮游大喜過望，連連感謝，便卑躬屈膝地和那幾個遞送文件的浮游一起離開，將渾渾噩噩的雲泰清留在偏殿裡。

白衣女子坐在寬大的案几之後，看了雲泰清一會。雲泰清看不清楚她的臉，卻能感覺到她冷冰冰的視線，就好像……他是個意料之外的麻煩，另她無比厭惡。

她將毛筆在桌面上敲了幾下，也不管飛濺出來的墨汁沾染了白皙的臉頰。她彷彿什麼也感覺不到，就只是這般惡狠狠地瞪著他。她突然摔下毛筆，繞過巨大的案几向雲泰清走去。

她全身挾帶著某種難以言喻的惡意，雲泰清「清醒」的意識很明顯地感覺到了，可夢境中的雲泰清卻處於死亡後的放空狀態，什麼也感覺不到。

只見她瞬間來到了他的面前，向他伸出了手……

下一瞬間，巨大的爆裂聲在偏殿中響起，伴隨著男人「妳瘋了嗎」的怒吼聲，雲泰清被一股巨大的力量強行扯開，甩到了偏殿的角落。

剛才雲泰清站的位置，已經變成了一個無底深坑。

來人是一個穿著黑色判官服的男人，在甩開雲泰清的同時，將白衣女子一拳打飛。白衣女子穿著古裝襦裙，卻絲毫不影響身體的動作，她在空中旋轉了幾圈，卸掉男子的攻擊力道，便輕盈地落回地面。

「妳瘋了！」男子一身判官官服，卻像個俠客一般暴跳如雷，「妳在這裡殺他！他死不死另說，妳死定了妳知不知道！」

男子的臉也和女子一般，彷彿被蒙上了一層薄紗，雲泰清只能模模糊糊地看到一個輪廓，卻無法分辨到底是誰。

女子似乎自知理虧，沉默了一會，道：「我就是氣不過。」

男子又看了雲泰清一眼，似乎有點忌憚他的存在。女子卻滿不在乎道：「沒事，他現在還糊塗著呢！我們的安排不會出錯，還有幾天的時間，隨便我們幹什麼都可以。」

男子這才放下心來，卻沒有再提高聲音，而是平緩地說道：「妳知道，我們安排這幾天的時間，不是讓妳殺他玩的。」

女子冷笑了一聲，「我明白。趁此機會，一定要讓他在下一世死得更慘一點。」

男子一巴掌拍在她的髮髻上，雙鬟髻本就已經歪斜鬆散，這會一拍，整個散了開來。她披散著頭髮站在那裡，默然無語，就像被教訓的孩子一般。

雲泰清津津有味地看著這一切。

男子看著她狼狽的樣子，輕輕嘆了口氣，撫摸著她亂糟糟的頭髮，道：「妳不要忘了我們的目的，更不要忘了他究竟是誰。」

女子拍開他的手，恨恨道：「他不過就是主子的……到底哪裡特殊了！殺都殺不死！我就不明白了！這麼個沒用的東西，主子非要留著他！現在主子又閉關了，你難道不明白是什麼意思？就因為這個傢伙，主子他難受得快受不了了！可主子就是……你說主子怎麼就忍得住呢？就一口的事，主子怎麼就能忍這麼多年呢？不如……」

男子嚴厲地打斷她：「妳給我住口！」

女子一把抓住他的胸口，「你自己心裡清楚！我們到底要他幹什麼！碧霞元君那裡怎麼樣了！」

「我就是要跟妳說這件事！」男子狠狠地吼了她一句，氣道：「我們剩下的時間不多了，快點把他送到元君那裡！在這裡費浪費時間，還不如早早把事情辦了！」

他們兩個又對視了幾秒，模模糊糊的面容上交換了一些雲泰清看不懂的訊息，隨後便向「他」走來。

之後的畫面變得十分模糊，雲泰清只覺得自己彷彿分裂成千片萬片，又被毫不留情地扭曲組合。

「他的魂魄太特殊了。」

無數的聲音在竊竊私語。也或許只有一個聲音，只是他被分成了無數的碎片，每一部分都同時接收著那斷斷續續的聲音。

「你看，魂魄分離對他根本無效。」

「不，沒用的。」

「再試一次。」

「時間快到了。」

「再試試，或許能殺了他……」

「不不不！不能這樣下去了！」

「主子感覺到他的痛苦了！主子要醒了！」

「快把他恢復原狀！」

「快快快……」

「還是像我們以前的計畫，用死亡消耗他……」

「只能這樣了……」

接下來的記憶，就像貼浮在廢墟上的美好壁畫。

他站在轉輪司浮游殿中，一黑一白兩道身影站在他的身邊，他懵懵懂懂地看著一道高大的身影向殿中走來。

「你看，你一死，主子就來找你了。」女子溫和地說著，絲毫不見方才的狠戾。那人走到泰清身邊。

這回，雲泰清總算能看清楚了。來者正是泰昊，他先是用審視的目光望著他，最後將他輕輕攬入懷中。

雲泰清彷彿突然從懵懂的狀態中清醒過來，看著眼前的人，笑著去拍他的手臂，「泰昊，我這一輩子過得不錯呢！我考上舉人，還做了大官，雖然因為貪贓枉法被處刑了，不過這輩子過得真不錯！連我那十個兄弟姐妹都當了大官，權傾朝野，厲害極了！還有還有，我這輩子姓慕容……」

泰昊聽著他的話，眉頭幾不可見地皺了一下，卻沒說什麼，目光越過雲泰清，望向他身後的人。

雲泰清回頭，這才發現身後除了那兩個看不清面容的男女之外，還多了一個衣著華麗的女人。

髮鬢如雲，冠冕燦金，身穿彩色霞帔，身周仙霧繚繞、彩雲飄搖，整個人看起來既高貴又莊嚴。

和對那男女一般，雲泰清完全看不清她的臉，但卻能認出她來。

女神搖著美人扇，笑得十分溫柔，對泰昊道：「主子可算醒了，是感覺到少爺回來了嗎？」

雲泰清從頭到腳一片冰寒。

這個女人，他見過。

在那片血汙的幻境中，甫一露面，便幾乎要了他的性命。

此時的她，卻絲毫不見那時的殘忍和冷酷，反而笑得溫柔而婉約。只可惜她眼中的厭惡怎麼也藏不住，就像看到心愛之人懷中抱著討厭的繼子。

就像她在紅光中出現時一般，便是星移斗轉、永恆須臾，他也不會忘記她的臉。

第二章

YUTOYAWA

雲泰清猛地從夢中醒來，無邊的恐懼將他完全籠罩。

那個漆黑巨口說得沒錯，他的危機並沒有解除，真正威脅到他的並不是周建成和幻貓阿夢，而是他們身後的人。

他冷靜了一會，才轉頭看向旁邊。泰昊已經不在了，也不知道他去了哪裡。他又躺了許久，才將夢中無端的懼怕壓了下去，最後爬起來，去浴室洗漱。

雲泰清正在刷牙的時候，聽到正廳裡傳來嚴厲的女聲，好像在呵斥誰一般。

他聽出來那是白麗的聲音，不由得十分好奇，便快速整理乾淨走了出去。

走到正廳，他發現泰昊並不在那裡，只有白麗和黑城分別站在泰昊平時所坐的椅子旁，花傑、黑蛇以及那兩個三叉戟女孩在他們面前跪成一排。

雲泰清看了黑城和白麗一眼，目光中帶著詢問，「這是怎麼了？他們不都受了挺重的傷，怎麼不叫他們回去休息？跪在這裡幹嘛？」

黑城一改平時吊兒郎當的樣子，冷然道：「主子給他們安排了任務，他們四個竟然能辦成這個樣子，就算主子不罰，我們也不能放過。」

雲泰清稍微想了想，按照之前的情況，花傑是明衛，另外三個是暗衛，他們的任務，應該是在他跑去大鬧人家婚禮的時候保護他。但誰能想到這次不僅讓周建成意外得手，最後出現的女神幻影甚至害他差點丟了性命。

可要雲泰清自己說，這次去婚禮現場是他的主意，誰能想到事情會發展成這個樣子？

說實話，出現在婚禮現場的敵人都是狠角色，別說他們四個，就算再來幾倍的人，只怕也是這個結果。

然而黑城卻無奈道：「其實我也是這麼想的……」

白麗隔著椅子給了他一腳。

雲泰清忍不住又想起了夢中的白衣女子，雖然看不清她的臉，但總覺得自己彷彿在哪裡見過她。

雲泰清突然意識到，或許白麗就像夢中的那個「她」一樣，雖然在泰昊面前表露出親切溫柔的態度，但那並非她的真情實意。就像面對討人厭的孩子，即使心裡已經厭煩到了極點，還是要在主子面前溫柔地摸摸他的頭，口是心非地誇讚他。

黑城撓了撓頭，轉了口吻道：「他們是追蹤部浮游，保護少爺是職責，最後關頭才出現就算了，在周建成化身原形的時候，居然被壓著打，最後還要少爺親自出手——這在主子眼裡是絕對不可原諒的。少爺，您明白嗎？」

雲泰清懂了。黑城和白麗也覺得花傑他們盡力了，但泰昊並不覺得。

而雲泰清是唯一可以替他們求情的人。

他點了點頭，說：「我明白。泰昊那邊我會去說，這幾個人你們就放他們回去吧。喔，對了，把花傑留下。」

不過，他們似乎對雲泰清的話沒有什麼反應，尤其是花傑，幾乎像一座小小的冰雕一樣，睫毛動也不動一下。雲泰清忽然莫名地感覺到一股傷心的情緒淹沒胸口，但又覺得這種情緒太奇怪了，就像和某個親密之人的聯繫被切斷了一樣，來得突然又沒道理。他深吸了兩口氣，才好不容易將這酸澀的心緒壓下。

黑城猶豫了一下，說道：「那個……他們傷得有點重，雖然表面上看不太出來，不過短時間內無法繼續承擔近衛的任務了。」

雲泰清的目光在四人的臉上仔仔細細地轉了一圈，他們表面上沒什麼異常，但臉色明顯比之前蒼白得多。尤其是花傑，整個人看起來非常虛弱，原本粉潤的嘴唇也泛著不正常的青白色。

他覺得有點奇怪，問：「白麗，妳不能讓他們馬上恢復嗎？」

白麗鄙視地看著他，「不要說蠢話！那些藥材十分珍貴，要不是主子要求，連您也別想用。」

「妳別這麼冷酷啊！他們是妳的下屬吧？保證下屬身心健康不是上級的責任嗎？」

白麗冷冷道：「我不願意。更何況他們是追蹤部的，和我有什麼關係？」

他驟然語塞。

她話都說到這個分上，他也沒什麼好說了。不過，在夢境裡，他的前世記憶中，「追蹤部」這個部門根本就不存在。他有點懷疑這是泰昊為了追查自己在人間的轉世而專門設立的部門，但這種想法也太自戀了，他便很快地將之拋到腦後。

黑城和白麗也沒繼續為難那四個傷患，訓誡了幾句之後，便放他們離開。其他三人在走之前還禮貌地拱手屈膝向他告辭，花傑卻是連看也沒看他一眼，讓他擺出的笑臉賣給了瞎子看。

不過轉念想想，畢竟她勸阻過他不要參加婚禮，是他非要去，結果弄成這樣，她不撲上來揍他都是看在泰昊的面子上。這麼一想，雲泰清立刻原諒了她的冷漠無情。

雲泰清在房間裡活動了一下，看著黑城和白麗正在打牌。他們身上依然穿著古風十足的直裰和襦裙，加上手中的撲克牌，有種怪異的時空倒錯感。

看了一會，不知為何，雲泰清突然覺得有點冷。

不是身體上的寒冷，而是來自於靈魂深處的冰寒。彷彿失去了本應存留的熱源，讓心一點一點地失去溫度。

那徹骨的冷冽如同皮膚深處埋藏著無數小蟲，細細密密地噬咬著內臟和血肉。

雲泰清呆呆地愣了好一會，才終於意識到那是渴望。

他渴望回到泰昊身邊，和他毫無保留地相互貼近。

如果能與他合二為一，成為他的一部分，那就再好不過了。

等等——

雲泰清驚跳起來。

這不對啊！這不可能！他不會是有病吧！從什麼時候開始，他竟然如此渴望和泰昊合為一體？

儘管這份渴求不帶任何欲望，但他怎麼就跟中毒一樣，渴望著那位神仙了啊！

黑城面頰上沾黏著幾張白色紙條，看了雲泰清一眼，用手中的牌指了指他。

白麗翻翻眼皮，將目光從牌面挪向雲泰清。

「少爺……」她拖長聲音，輕柔卻冰冷地說：「您想見主子，就去吧。」

雲泰清猛地站了起來，他身後的椅子發出長長的呻吟，最後維持不住平衡，砰的一聲傾倒在地。

「妳……妳這女人是不是對我做了什麼？」雲泰清抱著胸口，顫抖地說：「不對啊，五分鐘之前我還沒有那種想法！我怎麼會對他有那種想法……」

白麗看起來有很多話想說，但黑城一直用腳在桌子底下踩她，她彷彿經過了無限忍耐，才終於長嘆了一口氣。

「您和主子……一本同源。」她說，「和您的那種骯髒思想無關。只是你們都需要對方——事實上主子更需要您！在這之前，主子一直用意志力忍耐著，這樣的平衡原本還能維持很久，但是為了您，他走進了蝕魂湯……」

雲泰清顫抖道：「你們不是說他是神仙？只是藥湯而已，怎麼就……」

「只是藥湯?!」白麗拍案而起，紙牌散了一地，「您知道那是什麼嗎？那是修復魂魄用的藥湯！是強迫魂魄歸一的藥湯！主子本來不會有事的！但是因為您！他不僅進了蝕魂湯，還為了保護您的意識，承受了本來該由您自己承擔的痛苦！他現在肯定恨不得馬上就將您……他需要您但不敢接近您！您卻在這裡胡說八道！您這個人還有沒有一點良心──」

黑城丟下手中的牌，將張牙舞爪的白麗強行抱住，她的指甲從雲泰清眼前劃過，差點就抓上了他的臉。

「冷靜！冷靜點！主子還等著少爺過去呢！」

「你讓我怎麼冷靜！就為了這個傻子！就為了這麼個傻子……」

「我懂，我懂……」

雲泰清完全傻住了。白麗在說什麼？他怎麼好像聽懂了，又好像沒聽懂？

剛才他醒來發現泰昊不在，還以為他又有事拋下了自己，現在聽起來好像另有原因？

泰昊渴望他。

卻將他們彼此分隔開來。

泰昊是故意的。

但為什麼？

他腦子裡紛紛亂亂，想了很多，又好像什麼也沒想，雙腳彷彿有了自己的意識一般，轉身向另外一個方向──一個他內心深處無比渴望的地方走去。

他走到泰昊的房間門口，沒有絲毫停頓，開門走了進去。

白麗冷靜下來，掙脫了黑城的束縛，冷冷地看向雲泰清消失的方向。

「太蠢了。」她說。

黑城微微地哼了一聲，轉向她問道：「主子還能支撐多久？」

「主子的神體還在虛空的戰爭之中……目前沒什麼問題，但應該支撐不了多久了。也許幾百年，也許幾十年，他必然落敗。留在現世照顧雲泰清的分神很快也必須回歸，否則可能連這點時間都沒有了。」

「若是主子敗了，新神主事……我們這些主子的忠僕也必然隨同主子灰飛煙滅……」

她冷笑了一聲，「不會的。」

黑城眼睛一亮，「妳有辦法了？」

她笑著看了他一眼，輕輕地說了一句——

「她要來了……」

泰昊的房間很大。

大到什麼程度呢？當雲泰清站在門口看著天花板上轉輪的浮雕時，腦海裡甚至浮現出「天高任鳥飛」這個形容詞。

其實這個房間他很小的時候就進來過。但畢竟是七、八歲的年紀，絲毫沒有思考懷疑，就直接衝上那張巨大的床鋪，穿著鞋子在上面不停翻滾。

最後還是泰昊聽到了侍女的尖叫聲，走進來將他抱了出去。

在那之後，這個房間就嚴令禁止雲泰清進入。只要他一靠近房門，就會有人慌慌張張地將他攔住。為了這事，他都不知道遺憾了多久。

雲泰清慢慢走到泰昊床邊，將自己挪到了距離他最近的地方，緊緊地靠著他的腿，目光落在他的臉上。

在碰觸到泰昊的一瞬間，雲泰清心中的渴望就如同豔陽下的堅冰，化得一絲不剩。

泰昊睡覺的姿勢十分規矩，仰面閉眼，雙手交握放在腹部，連長長的黑髮都彷彿遵循著規矩，整齊地鋪在他的身下，就像他這個人一樣，端正嚴肅、一絲不苟。

這是雲泰清第一次看到泰昊進入睡眠——感覺真是十分奇妙。

雲泰清跟在他身邊這麼多年，雖然知道這是他的房間，但從來沒見過他在這裡休息。他總是坐在書房的玄金鐵木桌案後，審閱那些黑衣和白衣的下屬送上來無數卷宗。

雲泰清的手悄無聲息地伸到泰昊交握的手旁邊。除了之前那枚戒指之外，他手上還有一枚戴在拇指的白玉扳指。在很久之前，他曾在泰昊的手上見過。

他所謂的「很久之前」，是他還是老鼠模樣的時候。泰昊將他捧起時，拇指上戴的就是這枚扳指。雲泰清還記得自己用鋒利的牙齒在他的扳指上啃來啃去，那扳指有一點鬆，很輕易地被他咬下來了。

大概是當時腦容量不夠的緣故，能咬到嘴裡的東西一概被視作自己的私人財產，有很多人又是呵斥又是懇求，但他依舊堅定地把扳指拖回窩裡，誰來跟他搶他就咬誰。後來的事情有點模糊了，只記得身為老鼠的他被拍了幾下作為懲罰，那枚扳指就一直陪伴著他到生命結束。

因為與它相伴的記憶很奇異地清楚，所以雲泰清毫不客氣地伸出手，捏著泰昊放在腹部的手指，輕輕、輕輕地將扳指褪了下來。之前魂魄不穩定時，他一步都不能離開泰昊，如今「不能離開」的原因變了，但本質還是一樣的。也許，他再拿一個泰昊的貼身物品，就能抑制住心裡那種難以名狀的渴望。

——靠！

泰昊正在看他。

雲泰清整個人都僵住了。

泰昊不知什麼時候睜開了眼睛，一雙漆黑的眼眸沉沉地看著他，襯著他額邊斜斜劃過的黑色髮絲，整個人都彷佛沉浮在黑夜浸出的墨汁中。

要不是知道這位神仙對他是真愛，絕對不會殺他滅口，雲泰清現在就要丟掉扳指像個小女孩一樣尖叫著逃出去了。

不過，泰昊並沒有給他尖叫的機會，只是握住了他的手，將扳指輕輕地捏了幾下，那扳指竟如黏土一般被捏成了一圈小小的環，套在雲泰清的左手無名指上。泰昊的食指尖在變成指環的扳指上輕輕點了一下，就見那枚扳指泛出了和之前的戒指十分相似的藍色冷光，冷光一閃而逝，隨即又回歸正常。

然後，泰昊又將手放回腹部，閉上了眼睛。

呃……他這是……默許了對吧？

雲泰清躡手躡腳地從泰昊床邊退開，靜悄悄地出了門，將門帶上後，這才放鬆地呼出了一口氣。

第三章

Y U T O Y A W A

黑城和白麗依然坐在客廳的籐椅上打牌，黑城被貼了一臉紙條，白麗的額頭被彈得通紅。

看見雲泰清這麼快就出來，兩人露出了十分吃驚的表情。

雲泰清得意洋洋地向他們展示了手指上的扳指，在他們不敢置信的眼神中走到門口，施施然打開門，又施施然踏出去，再施施然向他們揮手告別。

在「須彌芥子」裡停留太久，回到正常空間後，感覺都有點怪怪的了。也許是這裡的空氣有些骯髒，也許是這裡的聲音有些嘈雜，而「須彌芥子」裡卻彷彿充斥著死去一般、令人莫名心安的靜寂。可一旦離開，各種氣息撲面而來，像是從天而降的壓力活生生地壓在了胸口。

這就是活著的感覺啊——

雲泰清稍微活動了一下有些僵直的身體，在屋子裡找了一圈手機……未果。

恍然想起，參加婚禮的時候他順手把手機放在口袋裡了，後來打架打得那麼嗨，張小明那臺手機在這世界上還有沒有殘骸他都不能確定了。

所幸，手機沒了還有電腦。

雲泰清搓了搓手臂，坐到床上去拿壓在被子底下的筆電。與此同時，他突然感覺到有什麼地方不太對勁，卻又一時想不起來是什麼。

筆電開機完成，他按下網路連線，螢幕上出現數個 Wi-Fi 帳號，他隨便點了一個帳號連接。

「請輸入密碼。」

再選一另個帳號……

「請輸入密碼。」

再選……

摔！這是為什麼啊！現代人難道沒有「分享」這個概念嗎！

雲泰清氣憤極了，他立刻跳下床，用市內電話打給電信公司的客服，想試看看還有沒有別的辦法。然而他剛拿起電話，就聽裡面傳來一道甜美的女聲：「您的電話繳費期限已過，請盡速……」

欸？這不對啊，他之前明明繳了電話費……

然後他看了一眼電腦右下角的時間——十二月三號。

「哦，十二月。」

他將視線挪向窗外。

一把光禿禿的樹枝在寒風中顫抖，兩隻小麻雀站在樹枝上，縮成兩顆小小的褐色圓球。

「……等一下，十二月？」

他驚恐地把目光移回電腦上。

不是幻覺！真的是十二月！

怎麼會是十二月？怎麼可能是十二月！明明他去參加婚禮的時候還是九月初啊！

他整整睡了三個月？

這不科學！

……好吧，無論是「須彌芥子」的存在、他的存在還是泰昊的存在，都已經跟科學扯不上關係了，所以睡上三個月也沒什麼好奇怪的。

然後，他終於發現哪裡不對勁了。

「嘶——好冷啊！」

這個房間狹小，空氣相對來說沒有那麼寒冷。但他身上只穿著泰昊的睡袍，剛離開「須彌芥子」的時候只覺得空氣有點微涼，完全沒想到已經進入冬天了，現在他才後知後覺地感覺到氣溫的變化。從「須彌芥子」溫暖如春的空間裡出來真的好冷啊！好冷好冷好冷啊！

雲泰清趕緊脫了睡袍，飛速從張小明的衣服堆裡抓了幾件臃腫但暖和的毛衣和外套，一層一層地裹在身上，狼狽地縮成一團大毛球，好一會才緩了過來。

既然沒有網路，那就沒辦法搜尋菁鳳的消息了。想了想，他還是準備出門，去對面朱紅悅那裡看看，說不定還能借到 Wi-Fi 呢。

雲泰清看了看時間，現在是下午五點左右，朱紅悅應該補眠完畢，正準備上班。

雲泰清走到對面，在門上敲了敲。

朱紅悅應聲開門，她身上穿著皺巴巴的睡衣，臉上的妝畫了一半，雖然是二十幾歲的年輕女子，但蒼白的皮膚和疲憊的眼袋卻怎麼也遮不住。

她看見雲泰清的時候，露出了十分吃驚的表情。雲泰清想，大概是三個月不見蹤影，她以為自己已經死在某個不知名的地方了吧。

結果，卻聽朱紅悅開口叫道：「啊，你是張小明的哥哥呀。」然後頓時笑面如花，聲音都柔了下來，「有什麼我能幫忙的嗎？」

雲泰清：「……」

好吧，他想起來了，大概是泡了藥浴的緣故，他整個人的外貌都發生了變化，在他去參加婚禮的那天早上，她就把他認成了張小明的哥……

等等！

雲泰清突然意識到一個非常嚴重的問題——

在方躍華和周建成的婚禮上，前女友小鹿毫不猶豫地認出了他，且從頭到尾對他「張小明」的身分沒有絲毫懷疑！在小鹿眼中，他絕對就是「張小明」本人，所以她才會死死跟著他，糾纏不休！

可那時候他根本沒想那麼多，滿腦子都是怎麼報復方躍華和周建成，將這麼明顯的問題完全忽視了！

如果小鹿看到的是「張小明」，那為何朱紅悅看到的，會是和張小明不盡相同的「雲泰清」？

雲泰清的背後隱隱冒出一絲寒氣，可惜他一時也搞不懂到底是哪裡出了問題，只能先把這件事放到一邊，將精力集中到眼前。

他回了朱紅悅一個禮貌的微笑，跟她解釋了一下因為三個月不在家，以至於網路被停用，所以希望能借用一下她的網路。

「不知道行不行？」他問。

朱紅悅滿口答應，卻沒有直接告訴他密碼，而是讓他把筆電拿到她的房間，讓她幫忙連接網路。

雲泰清也沒想那麼多，畢竟有求於人，又是密碼這種東西，他不想讓人覺得他不知好歹，只能聽她的話，把筆記型電腦拿了過來。

她的房間十分雜亂，各種女性用品隨意亂丟亂放，衣物也扔得到處都是。

朱紅悅衝他眨了眨眼，把他領進了雜亂的房間裡，讓他在幾乎沒空間的沙發上坐下，然後突然咯咯笑起來，從他屁股下抽走一件胸罩。

雲泰清：「……」

他有點愣住了，完全不理解她到底想要幹什麼。

她讓他打開網路連線視窗，然後整個人貼了上來，用嬌媚的聲音跟他說：「我跟你說，我這裡的密碼呢……」

雲泰清：「……」

他挪開了一點，在盡量不碰到她的情況下，艱難地輸入密碼。

密碼錯誤。

她又咯咯笑了起來。聲音有點尖銳，不知道為什麼，他覺得有點嚇人。

朱紅悅伸出一隻手，按撫在他的手背上，就像要按著他的手指輸入密碼一樣。

「你剛剛輸錯啦——最後一個是……」

她的舌頭毫無預兆地舔在他的耳朵上。

雲泰清脖子後面的汗毛一豎，全身的雞皮疙瘩集體起立。

他是喜歡美女沒錯，年紀稍微大一點的熟女姐姐也的確更有風情。但不是在這種情況下啊！

此刻的他感覺不到一點誘惑和情調，只覺得十分恐怖，而且非常噁心。

在他自己都沒有反應過來之前，他的手卻如同擁有自己的意志一般，抓起筆電砸到了她的臉上。

朱紅悅瞬間尖叫起來，整個人從小沙發上向後翻滾了兩圈，狼狽地撞進一堆雜物裡，發出丁鈴噹啷的雜亂聲音。

雲泰清驚呆了！

幽都夜話

剛才……剛才根本不是他的意識啊！是他的手自己動了！它自己動了起來，用筆記型電腦把朱紅悅拍了出去！

這不科學啊！

不過經過了那麼多事情，就算不科學也沒什麼好說了。

尤其剛才，他看見無名指上的扳指正發出熟悉的清藍色冷光。

這枚扳指比戒指大得多，威力似乎也大得多呢……呵呵呵呵……

如果剛才不是泰昊在發脾氣，他現在就把這枚扳指吞了！

雲泰清默默地晃了晃手上的筆記型電腦。很好，裡面的元件都碎了，稍微搖動一下都能聽到裡面傳來嘩啦嘩啦的聲音，明顯已經死得不能再死，沒救了。

他嘆了口氣，將這臺報廢的筆電隨手扔到了門外。

朱紅悅從垃圾堆裡慢慢爬了出來，臉上一片瘀青，嘴角滲出一絲血線。

「遂……特麼打我……」她趴在沙發扶手上，半隻腫脹的眼睛艱難地看向他。

房間裡驟然一陣靜寂。

「髒……髒小明？」她說話有點困難，口腔裡好像含了一顆核桃，「你特麼進腦娘房間裡幹嘛？先縮好，腦娘沒錢，你就算翻遍底板也找不到森麼。」

雲泰清：「……」

他又愣住了，現在到底是什麼情況？

不管從哪個角度來看，事情好像都有點不太對勁。

她之前明明還認為他是張小明的哥哥，現在卻毫不猶豫地叫他張小明？

她剛才主動邀請他進房間，現在卻認為他是來偷竊的？

她本來正在無所不用其極地勾引他，卻在轉眼之間翻臉不認人？

朱紅悅房間裡的鏡子很多，他看了一眼梳妝臺，鏡面上的他還是那張介於張小明和雲泰清之間的臉，雖然燈光昏暗看不太清楚，不過他可以確定自己並沒有變回張小明的模樣。

然而，朱紅悅又看到了「張小明」本人。

雲泰清沉默了幾秒，在她緩慢回復的時候做了一個決定。

他大步走向她，將她扶了起來，開始表演他從未展現過的演技。

「朱姐，妳怎麼了？」他惡人先告狀，「剛才我聽見妳房間裡發出好大的聲響，這才過來看看。妳這是怎麼回事啊？是不是有人打妳了？是妳男朋友嗎？還是搶劫犯啊？要不要我幫妳報警？」

這演技連他自己都嘆為觀止……地蠢啊！

所幸她被打傻了，和一臉呆滯做作的雲泰清相比不遑多讓。

「四嗎？我不記得了……我記得剛才我還在化髒，然後就被人打了……」她看看梳妝臺，又看看自己，滿臉疑惑，「奇怪？握不四應該在床那邊才對嗎？我怎模會在澤裡？」

雲泰清不確定她是被打到短暫失憶還是有其他原因，但能肯定的，她完全沒了剛剛的那段記憶。

其實，上次她叫他「張小明哥哥」的時候，他就覺得有點不太對勁。但又覺得是自己想太多，也許她就只是有點臉盲罷了。

現在看來，事情似乎不是那麼簡單。

如今她對他的冷淡態度，才更像是剛見面時的那個高冷女子，反而是之前過分熱情的樣子看起來不是很正常，讓人感到十分不愉快。

雲泰清暗暗地舒了一口氣，扶著朱紅悅在沙發上坐下，問：「要我幫妳報警嗎？」

說起來，他丟了手機又弄壞電腦，最貴的一套衣服又在婚禮現場被毀得一乾二淨。如今銀行帳戶裡的錢已經所剩無幾，要是再被她要求賠償，他就只能到外面乞討了。

朱紅悅愣了一下，低頭考慮了幾分鐘，最後卻搖了搖頭。

「算啦，我都不知道四誰，找警擦也沒用。」她含糊地說，「你曾的撒摸也沒看到？」

她直直地看著他的眼睛，雲泰清用盡了他畢生所有的真誠，堅定地在她質疑的目光中點點頭。

但不承認是不承認，畢竟是他（的手）做錯了事情，作為凶「手」，也該有點表示才行。

雲泰清說：「那妳這個樣子，今天晚上還怎麼上班？要不我幫妳請個假吧？」

她的半張臉正以肉眼可見的速度腫了起來。剛才還沒那麼嚴重，現在卻只剩沒受傷的那隻眼睛可以使用。

如今她哪都不能去了。何況她身為一個夜店小姐，憑這個樣子，一進門肯定被人尖叫著趕出去。

聽到他的話，她尖叫一聲撲到梳妝臺前，停頓了一會，又開始發出高亢的慘叫聲。

「我毀容惹！我毀容惹！哪個王八淡！別讓腦娘抓組……」

雲泰清忍不住扶額。

在朱紅悅陷入崩潰、沒空理會他時，雲泰清回了一趟自己的房間，順手把門口已經摔成垃圾的筆電拿回房間毀屍滅跡。

模仿之前黑城和白麗的動作，他站在臥室門前，敲了三下，又轉了三次把手，一打開門，果然又回到了須彌芥子的空間裡。

黑城和白麗依然在打牌，這會換成了雙人麻將，白麗被貼了滿臉紙條，黑城的半張臉都被打青了，還隱約能看見纖細手指的痕跡。

雲泰清堆起討好的笑容，湊到白麗跟前，正打算違心地誇讚一下她紙條下的美貌，就被她無情地打斷。

「有話直接說，別彎彎繞繞的。」

雲泰清立時吞下那些不切實際的廢話，用最精簡的語言將剛才的情況描述了一遍。

「所以說……麗麗姐……」這個稱呼異常順利地從嘴邊鑽了出來，好像已經如此叫過她千遍萬遍一般，「妳幫幫忙，用藥讓她趕緊消腫吧……不然那個……她的腦袋都快腫成豬頭了……」

剛開始聽到雲泰清把人打成豬頭的時候，他倆還笑得歡快，但聽到動手的是他的手而非他本人意願時，笑聲便突然停止。最後等他把事情說完，他們的臉色已經變得鐵青。

就算雲泰清再遲鈍，也察覺到不對勁了。

這事情似乎比他想的更加不簡單。

「怎麼了？我有什麼地方做錯了嗎？」

黑城說：「少爺，不是您做錯了，是那個女人錯了。」

雲泰清激動道：「你也這麼覺得？果然不是我的錯？」所以他不用內疚了？

黑城的笑容僵在臉上，雲泰清幾乎能看到他的臉部肌肉正在推擠出「智障」兩個字。

白麗撲哧笑出聲來，揮手對黑城道：「我們不能離開這裡，你去叫個人來幫忙吧，我來跟少爺解釋。」

黑城摸摸被打得青紫的面頰，一臉不高興地走了。

雲泰清坐在白麗對面的籐椅上，彎曲的籐枝如同活物般輕輕地扭了一下，貼合著他身體的弧度，坐起來十分舒服。

白麗也沒賣關子，一邊撕下臉上的紙條，一邊說：「少爺，那個女人身上有妖物。」

「妳說她是妖怪？」他不可思議地問。

白麗搖了搖頭，「我不是這個意思，她應該是沾染了什麼東西。你外貌的變化並非肉眼可見，而是靈魂的投射。你的靈魂在藥浴中逐漸被修復，只有特殊的人才能看見你魂魄的變化，普通人類不應該發現異常才對。」

雲泰清這才明白，原來不是自己的外貌改變了，而是他不穩定的魂魄重新恢復正常。所以小鹿看到的是「張小明」本人。

而「朱紅悅」看到的卻是依附在「張小明」身上、雲泰清的靈魂。

「那……她是被附身了？」所以才能看穿他的靈魂？

剛才他那一擊，是不是泰昊暫時壓制了她體內的「某種東西」，她才又再次看到了「張小明」的容貌？

白麗道：「應該不至於，但究竟是什麼情況，我也不是很清楚，所以這件事就要拜託少爺您去查了。」

雲泰清說：「喔。」

過了一會，他終於反應過來了。

「妳說什麼？妳在開玩笑吧？我可是傷患啊！妳能不能有點憐香惜玉之心？更何況我只是個人類啊！人類！我不管以前那些奇奇怪怪的身分，我現在就是個普通人！妳是不是覺得我之前那幾回死得不夠慘啊？」

白麗笑容滿面。

「少爺此言差矣。您都已經接受了主子的扳指，不就是答應主子在他不能處理事務時承接他的工作嗎？現在主子暫時陷入沉睡，正是您大顯身手的好機會啊。」

她說……什麼？

「等一下！明明上次他也給了我戒指，也沒說要接手他的工作啊！」黑鷲只把他的戒指亮給浮游負責人看，並沒有逼迫他去做什麼工作啊！他只是個普通的人類！不要趕鴨子上架！

白麗笑得溫柔，眼中閃著毫不留情的冷光，「少爺您以為，主子為什麼會那麼順利地讓您偷了扳指呢？」

「當然是因為他愛我啊！」雲泰清無恥地說。

白麗微笑地看著他。他可以看見她臉上不斷浮現出「呵呵呵」的字幕。

難道不是嗎？他當時偷拿扳指還沒被當場格殺的時候，真的是那麼認為的。

不要揭穿我啊姐姐！

「之前那枚戒指……」白麗輕聲說，「是主子特地為您準備的，從很多年前就在他手上溫養著，是總有一天將用來固定你魂魄的法器。它代表著什麼所有人都心知肚明，所以只要看到它，就知道您是誰。而這枚扳指，是主子的一部分，代表著他親身降臨，意義是完全不同的。您還記得吧？您過去也曾搶過一次，但那時候您只是一隻不太懂事的小老鼠，主子就沒有把那些麻煩的事情加諸在你身上。但現在不一樣了。」

他呆住了。

也就是說，雖然同樣是套在手指上的裝飾，但之前的戒指只不過是保他不死的丹書鐵券，現在這個卻代表著「如朕親臨」！

雲泰清坐在那裡一動不動，心裡面跟哪吒鬧海似地翻江倒海了半天，然後開始使勁扯著左手無名指上的扳指。

那扳指套上去的時候倒是挺順利，如今卻像生了根似地紋絲不動，他用盡全身力氣，幾乎要把手指弄斷了，也沒能讓它挪動一絲一毫。

「別白費力氣了。」白麗笑咪咪地說：「主子給您的東西，就算您死了，它也會套在您的魂魄上，丟不了的。」

她笑得開心，就好像他的死會讓她愉悅至極。

雲泰清仔細審視著她的表情，白麗卻不再笑了，她躲開了他的目光，轉頭去收拾桌上的牌具。

他又低頭看看自己飽受摧殘的手指，絕望地問：「那，接下來，我又該做什麼?」

從須彌芥子裡出來的時候，雲泰清身邊跟了一個高挑的白衣美女。

不過，她的白衣是一件醫師的白袍，腦後如瀑的黑髮綁成了一束馬尾，鼻梁上戴著一副斯文的無框眼鏡。

而且這位美女醫生還是個熟人——正是在那場婚禮上拚死救了雲泰清的兩名三叉戟女孩之一。

黑城帶她來的時候說她叫白星，就在距離這個社區不遠處的醫院工作，在上班的時候被叫了出來。

雲泰清有點好奇地問：「妳在人間工作有薪水吧？為泰昊工作的話，也有薪水嗎？」

白星掩嘴笑了笑，完全沒有在婚禮上那種幼稚的嘰嘰喳喳，整個人看起來如古代仕女般溫柔婉約。

「少爺真會開玩笑。」她說。

雲泰清也笑了笑：「妳和之前不太一樣啊。」

在婚禮那天，她和另外一個女孩簡直就跟麻雀一樣聒噪。但今天，她卻變得十分沉靜。

「作為人間的追蹤部浮游，重要的是如何融入這個世界，為少爺服務。所以個性不符什麼的，您不用在意。」白星非常職業化地笑著。

雲泰清恍然大悟。

在之前的夢境中，並沒有任何關於視察部和追蹤部的記憶，可見過去根本沒有這兩個部門。地府一直是由轉輪司在承擔大部分工作，所謂的十殿閻王，也不過是轉輪司直轄的十個部門。之前他就很好奇這兩個部門的來歷，這會才終於明白過來。

「不過……」雲泰清斟酌了一下，說：「你們最重要的工作，應該是在人間處理地府的公務吧？」

比如，追查畸形魂魄之類的事情。

白星笑了笑，沒有說話。

雲泰清以為自己說中了。但很久以後他才明白，說到底，「追查畸形魂魄」和「為雲泰清服務」這兩件事，都是同一個緣由。

他們一起走到朱紅悅門前，她房間的門依然大敞，她趴在鏡子前拚命往臉上抹化妝品。但她的臉實在腫得太厲害了，就算是世界頂級的化妝師來也沒用，她自己只能讓那張臉變得更嚇人而已。

白星敲了敲門，不等朱紅悅說話就走了進去。

「這位小姐，您現在不能再化妝了，否則定會毀容。」

朱紅悅從鏡子裡看到他們走進來，顯得有點不太高興，大聲道：「妳誰啊！髒小明你不要太過分！隨便就帶人進我房間！你們還懂不懂擬貌？」

雲泰清正想找個藉口，結果嘴都還沒來得及張開，就見白星以迅雷不及掩耳之勢掏出一條手帕，用力按在朱紅悅的臉上。

朱紅悅立刻發出一聲刺耳的慘叫。

那慘叫太過淒厲，猝不及防地把他嚇得忍不住抖了一下。

過了十幾秒——他實在很讚賞朱小姐的肺活量——她終於停止了尖叫。

白星拿走了她臉上的手帕，朱紅悅喘了兩口氣，正打算跳起來和他們拚命，目光卻瞥見梳妝鏡裡的自己，頓時傻住了。她的臉從剛才的腫脹變形，恢復成正常的輪廓，雖然還有些青紫，但兩隻眼睛已經恢復如初。現在只要再刷兩層粉，應該對她回夜店上班不會有影響了。

她驚喜地看著自己的臉，立刻抓住白星的手，感激涕零地親熱起來。看她變臉速度之快、之流暢，連雲泰清都鞭長莫及。

任由她們聊了一分鐘，雲泰清才咳嗽了一聲，將她們的注意力拉回他的身上。

朱紅悅彷彿這時才清醒過來，看看白星，又看看他，遲疑地問：「小明啊，這位是你的……」

又變成小明了呢，呵呵……

他馬上一頓胡謅，把剛才的藉口說詞拋了出來，表姐啊、附近的醫生啊、家傳美容藥劑啊什麼的……說得朱紅悅目光火熱，巴不得馬上從白星的口袋裡掏出「家傳美容藥劑」再往臉上抹一抹才好。

白星只是微笑著聽他一本正經地胡說八道，並不反駁。

經過一番糊弄，把朱紅悅說得一愣一愣，然後雲泰清才非常嚴肅地對她說：「朱姐啊，我覺得妳的情況有點不太對勁。」

朱紅悅愣了一下，反問：「什麼不對？」

他看了白星一眼，只見她輕輕掩唇，手指拂過左肩。

他開始發揮口才：「妳最近是不是總覺得肩膀沉重，好像有什麼東西壓在上面？」

朱紅悅稍稍皺了一下眉頭，「我的工作經常低著頭，肩頸痠痛也很正常……」

「尤其是左肩，晚上是不是疼得根本睡不著覺？」

朱紅悅稍稍認真起來，「你怎麼知道？我這病能不能治啊？」

「朱姐，妳不要慌。」他嚴肅地看著她，「妳這不是病，而是被什麼東西附身了！」

房間裡有剎那寂靜。

朱紅悅認真的表情逐漸消失，取而代之的是一個似笑非笑的表情，彷彿已經看穿了他的伎倆。

「小明啊……」她說：「你不要因為沒了工作就自暴自棄，我們都是自己人，你就算有什麼困難，也不該隨便來騙我。我們當了一年多的鄰居，誰還不知道誰呢？」

言下之意：都是千年的狐狸，老娘還比你多幾年道行，別跟我玩有的沒的。

不過雲泰清是那種就算心虛尷尬到無以復加也絕對不能讓人看出來的人！

他馬上義正詞嚴地說：「朱姐，我以前只是年紀小，對生活問題的處理方式不夠成熟罷了，妳不能因此誣賴我！」

這話聽得他自己都要吐了，朱紅悅也露出快要承受不住的表情，站起身來想把他們趕出房間。

雲泰清趕緊阻住了她的動作：「朱姐，妳難道沒有發覺，妳身上多了什麼東西嗎？」

她完全拋棄了剛才好聲好氣的態度，不耐煩地說：「多點東西？是馬上就要少點東西才對吧！別以為老娘不知道！騙到老娘頭上，你也是膽子很大——」

雲泰清說：「別的我不清楚，不過妳肩膀上的手印肯定不是我印上去的。」

朱紅悅愣了一下。只見她豪放地直接在他們面前扯下寬鬆的睡衣，半邊雪白的酥胸頓時暴露在外面。

雲泰清覺得有些尷尬，只能微微地移開目光。

果然，她的左邊肩膀上有一個血紅色的手印，掌根在肩膀最高處，指尖印在背上。這個位置，一般人如果不背對鏡子根本注意不到。

不巧，公用浴室裡就沒有鏡子。

朱紅悅轉頭看了看那個掌印，又看看他和白星，突然一言不發地衝出門，鑽進了公用浴室。

他們在外面，聽著她在裡面拚命洗刷的聲音。

雲泰清悄悄地衝白星豎起大拇指，低聲道：「怪不得黑城叫妳來！這才剛見面，妳怎麼弄上去的？」在那麼短的時間內，怎麼把手印悄無聲息地印到她的背上？

白星微笑道：「屬下沒有。」

「哎呀，別謙虛了！以妳的能力……」他頓了一下，「沒有？」

「她肩膀上的東西，在我來之前就有了。」

雲泰清：「那……真的有鬼？」

白星微笑地看著他。

雲泰清這幾千年死去活來無數次了，這會還說什麼有鬼沒鬼的，也太晚了點。

他只能尷尬地衝她笑了笑。

過了一會，朱紅悅回來了。她的衣服都濕了半邊，肩膀上露出的部分被搓得通紅，臉上再沒有剛才諷刺的神情，看向他的眼神變得驚疑不定。

朱紅悅盯著他說：「小明，你是不是知道什麼？這掌印到底是怎麼回事？我要怎麼才能弄掉？」

雲泰清嚴肅地點了點頭：「朱姐，這個掌印並不是那麼簡單的事情，我需要知道，妳到底是在哪裡被印上的？」

朱紅悅抓耳撓腮地想了半天，也想不出到底是哪裡出了問題，「我也不知道啊……最近我哪裡也沒去，每天上完班就回家，如果是最近才印上的話，不是在家裡，就是在工作的地方了。」

他點了點頭，裝模作樣地在她的房間裡梭巡了一圈，說道：「朱姐，妳的房間畢竟是在我對面，這一年多我也沒注意到什麼不對，可見問題是出在妳工作的地方。」

朱紅悅傻了，「工作的地方？不對吧，我工作的地方人那麼多，怎麼可能就我一個人……」

雲泰清說：「妳確定只有妳一個人？」

此話一出，朱紅悅再次震驚了，她沉吟了一下，說：「這麼一說我想起來了！之前我那群姐妹們也都是脖子不太舒服，前幾天我還聽見幾個保鏢在說肩膀疼，難道是和我一樣的情況？」

誰管他是不是呢！

然而，雲泰清卻嚴肅地說：「沒錯，看來事情比我想得還要嚴重。」他看看白星，「表姐，妳晚上能陪我去一趟朱姐工作的地方嗎？」

朱紅悅「咦」了一聲，趕緊說道：「等一下！那個地方不是隨便什麼人都能去的！」

雲泰清早就知道她會是這種反應，於是迅速調動臉上的肌肉，露出一個帶著三分無情和三分不屑的笑容。

「哦……本來想說免費幫妳解決一下問題，看來妳好像不太需要啊——」他又轉頭對白星說：「不好意思啊，表姐，打擾妳上班了，我現在就送妳回去。」

白星笑著點頭，「沒關係，反正也快下班了，主管不會說什麼的。」

他們愉快地閒聊著，正準備邁步出門，朱紅悅便飛快地從後面抓住了雲泰清的衣服，急道：「等……等一下！等一下啊！小明你聽我說！」

雲泰清笑著轉身，直直地看著她。

「那個地方，女人進去不太好……」朱紅悅含蓄地說，「如果不是我這樣的……基本上不會有什麼好結果。但如果只有你一個人的話，我還可以想想辦法。但是先說好，那個地方非常注重隱私，要是你有什麼其他的念頭，很可能也……我不是故意嚇你，但這種事我看多了。」

雲泰清明白她的意思。如果他是去搗亂，甚至是警方的臥底，他們有的是辦法收拾他。

他才不是那種人呢。

雲泰清說：「朱姐，妳覺得我是那麼傻的人嗎？」

朱紅悅的臉上明明白白地寫著「是啊」兩個字。

他尷尬地咳嗽了一聲。

「我的意思是，我沒有想要偷偷過去。」他說，「我需要妳幫我引薦妳的上司。我只要見他一面，就能讓他同意讓我來解決你們的問題。」

朱紅悅考慮了一會，十分猶豫地說：「這個……我不能確定，只能試一試……如果他不同意的話……」

雲泰清偷偷看了白星一眼，白星幾不可查地點了點頭。

他馬上胸有成竹地對她說：「妳盡力就好，就算不成功，救妳一個人還是沒問題的。」

「……喔。」朱紅悅看了他一眼。

又看他一眼。

不死心地再看了他一眼……

最後，她幽怨地嘆了口氣。

即使沒有讀心術，雲泰清猜也能猜出來她在想什麼，相信「死馬當活馬醫」這句話在她「喔」出來之前，就已經在胸口轉了幾十圈。

當天晚上，朱紅悅帶著雲泰清和白星去了她工作的LIDU CLUB。

從站在那金碧輝煌的大門下方開始，雲泰清就十分激動，雙腳都有些飄。走進門時，腦中就不由自主地閃現出各種想像的畫面。

白星發現他正在神遊天外，就伸出一雙雪白柔嫩的手，扶住幾乎要摔倒的他。

「少爺？」

雲泰清突然反應過來，迅速地躲開了她伸過來的手，「別碰我！」

朱紅悅回頭看著他們兩個，眼中閃著疑惑的光芒。

白星沒有說什麼，只是收回了手，微笑著輕輕說了聲「是」。

走進去之後，雲泰清想像中的場景並沒有出現。那些淫亂、奢靡的畫面他連個影子也沒見到。朱紅悅直接把他們帶到了後面的辦公區域，在一個貼著「保全辦公室」牌子的房間前停了下來，敲了敲門。

「陳哥，我把人帶進來了。」

「進來吧。」

他們進去的時候，一個鐵塔似的西裝男子從桌後站了起來，鷹眼、蒜鼻、面頰肌肉橫向扯動，是非常典型的「滿臉橫肉」。

但雲泰清的注意力始終沒有集中在他的身上。

從進大門開始，雲泰清就有種奇怪的感覺。但那感覺實在太過輕微，以至於讓人無法分辨。待他一腳踏進這間辦公室，那莫名的異樣感就如同一記重錘，狠狠地向他砸來。

保全辦公室裡有一座高山流水的假山，作為裝飾品十分凝事地固定在房間正中央。而那種感覺就是從這個裝置上源源不斷地撲向他。

是清冽的花香，是迴旋山崗的清風，是踏於腳下柔軟的泥土，是回歸自然懷抱的甘甜。

太強烈了，以至於他根本無法忽視。然而，在這舒適的氛圍之下，一絲難掩的暴戾卻悄悄地溢漏而出。

在來之前，雲泰清本來只想在白星身後做一個深藏不露的美男子，但從進入這間辦公室的那一瞬間，他就產生了無可抑制的焦慮和煩躁。

「我聽說……」陳哥剛想開口說點什麼，卻見雲泰清用手指點了他一下。

「你閉嘴。」

陳哥突然閉上了嘴，眼神中透露著難掩的驚恐。

朱紅悅驚異地盯著雲泰清。

這不過是一個小小的空氣符咒。對於過去的雲泰清來說，簡直就是小菜一碟，不過就剛剛融合過去記憶的他來說，效果還是不錯的。

他學習了那麼多年的陣法和符咒，可惜這一輩子居然沒了轉世的記憶，以至於只能乖乖地當著普通人，現在想想真的好虧啊！

雲泰清沒有理會朱紅悅，回頭對白星說：「剛才來的路上，我看見他們的消防警報器，妳去把它拉響，讓所有客人立刻離開。」

白星毫不猶豫地行動了。

不是雲泰清要搞事，而是這感覺太熟悉了。就好像那天晚上，白玲和黑竹他們出事時，那種非常不好的預感和無端而生的焦躁。

陳哥雖然不能說話，身體的行動倒是沒有什麼問題，一聽到雲泰清的話，便從桌子抽屜掏出一把匕首，翻過桌子向他撲去。

可惜雲泰清已經不是那個柔弱不堪的張小明了。

他側身微微一閃，一記迴旋踢，小腳堪堪擦過朱紅悅的頭頂，一記踢中了陳哥的頭顱，把他踢飛了出去，滾了好長一段距離才被牆壁擋住，匕首噹啷一聲掉在腳下。

雲泰清撿起匕首，一腳踏上那個散發詭異氛圍的假山。

這時警報器開始嗚嗚哇哇地響了起來，整棟樓從各個方向傳來嘈雜的聲音，很多人跑來跑去，間或混雜著女人的尖叫聲。

有兩個人推門衝了進來。

「陳哥！有人拉警報——陳哥？」

那兩人注意到翻倒在地的陳哥，又看向踹了假山一腳雲泰清，怒吼一聲朝他衝了過去。

朱紅悅嚇得發出尖叫，抱頭躲在角落裡，驚叫道：「不關我的事！不關我的事！張小明我X你媽！」

聞聲，雲泰清回頭兩記直拳，直接砸在兩人的腦門上，他們連聲音都沒發出來，便直接昏了過去。

白星撩起白裙，踩著高跟鞋飛奔回來，進來就將門鎖上了。

「少爺！這裡的氣息開始紊亂了！您要小心——少爺？」她的聲音忽然拔高了八度，從他第一次見到她開始，就從未聽她發出如此高亢的聲音。

雲泰清再次鼓足力氣，狠狠地一腳踹在假山上，假山發出嘎啦一聲巨響，乒乒乓乓碎裂開來。滿池的流水也灑了出來，沾在電線上，發出青色的電弧光。

一道虛幻的影子從那被破壞的假山中升了起來。

那是一個穿著古裝的男子，面容年輕卻氣質蒼老，身形佝僂卻鶴髮童顏。他的身上穿著電視劇裡那種古代官員的服飾，手執龍頭枴，腰部有些不倫不類地圍了一圈毛茸茸的物品。

看見雲泰清時，那人露出一個微微呆愣的表情，卻立刻收了起來，肅顏躬身道：「多謝大人搭救！」

雲泰清看了他的腰部一眼，出手如電，在他還沒有反應過來之前，一把掐住了那圈毛茸茸的……腦袋？

他一把掐住了那玩意的腦袋，硬是將其從那人的腰部扯了下來。

那玩意氣得放聲尖叫，衝他直揮爪子，蓬鬆的大尾巴在屁股後面使勁地搖晃。

那道虛幻的影子見狀，立刻跪了下來，高聲道：「大人息怒！這隻小狐狸也是受害者！若是大人再晚來幾日，小神和牠的魂魄就會被煉在一處，成為妖不妖、神不神的怪物！小白，不要叫了！」

那隻小狐狸委委屈屈地安靜下來，不再掙扎。

雲泰清想起了那兩隻倀虎，想起了他們畸形的魂魄，看著那人問：「你是誰？」

白星走了過來，低聲道：「多年前開始，各地的土地神、灶神等低級神靈相繼失蹤，從這一位的裝束看來，應該是某處的土地神。看來有人專門抓捕這些低等的神靈，專門做試驗之用。」

土地神低頭：「正是。小神乃是周邊縣市的土地神，一年前被不知何處而來的大妖抓住，同這小狐狸關在此處。」

雲泰清驚道：「還真有神仙?!」

白星和土地神：「……」

——您現在居然還能問出這種問題！

看著他們的表情，雲泰清幾乎可以聽見他們藏於內心深處的吐槽了。

門外傳來一聲高過一聲的砸門聲，有許多人在門外大聲叫喊。

雲泰清也不理會，問道：「你的本體就在這假山之中?那我豈不是很幸運，一下子就找到了?」世界上真有這麼巧的事情?

土地神苦笑一聲，道：「這是小神的一縷分神，其他的部分，小神自己也不知道在何處，只知道就在附近。」

這時敲門聲變得更大了，幾乎震耳欲聾，卻無論如何也敲不開那看似脆弱的木質房門。

雲泰清一手抓著小狐狸，一手按在土地神的肩膀上說：「帶我去找綁架你們的——」

腳底突然傳來一聲悶悶的震響，聲音轟然地由下而上，在距離他們所在之處不遠的地方噴薄而出，幾乎要將人耳朵震聾。

瞬忽之間，他們周圍的地面都發生了不同程度的碎裂和塌陷，門外的聲音也消失了，只有以白星為中心的圓圈之中，一切完好無損。

雲泰清回頭看看白星，她的手中高舉一片玉笏，一圈圈清亮的波紋晃蕩而出，將他們圍在中央。

朱紅悅正好在光圈邊緣，差點跌進塌陷的大坑裡，費了半天勁才好不容易維持身體平衡，連滾帶爬地奔回雲泰清身邊。

在圓圈之外的地方，那位陳哥已不見蹤影，雲泰清猜他大概和白玲、黑竹他們一樣，化成了魂魄不存的灰土。只不過，因為玉笏的存在，他們周圍的建築只是嚴重破損，並沒有像巴里村一樣化為廢墟。

在爆炸的瞬間，那位土地神的口中吐出了一縷灰藍色的清氣，就好像吐血一般，整個魂體都在瘋狂震盪。

「太晚了……」土地神苦笑，「小神的主身已消散，無論您想找什麼，都不太可能了。」

哈？這麼巧？

雲泰清看向手中的小狐狸。

剛才牠還一臉懵懂，就像一隻靈智初開的小動物，但此刻，牠卻笑著。

「你什麼也找不到的，小子。」狐狸聲音尖細地笑著。

雲泰清氣極了，沒想到會被這小東西擺了一道！他狠掐著牠的脖子，怒吼道：「你他媽還從老子手中搶人！看我不把你碎屍萬段！」

土地神愣住了，「大人！牠真的只是一隻普通的……」

「你是豬嗎！當神仙這麼久了連點判斷能力都沒有嗎！」雲泰清聲嘶力竭地衝他大吼。

土地神嚇得不敢說話。

假山裡的分神只是個誘餌，唯一的看守便是這隻看似無辜的小狐狸。

這是一個預設好的陷阱。

如果來的是個無關緊要的人，就立刻將人弄死。

如果是可能影響到他們的人，就繼續偽裝，等待時機，通知同伙，然後根據情況再選擇不同的處理方式。

一：將追蹤者弄死。

二：將所有證據包括追蹤者一起銷毀。

這隻小狐狸，就是做出判斷的眼線。

而他居然沒有第一時間發現這一點！

雲泰清氣得一手抓住那隻狐狸的腦袋，一手抓住脖子，猛地一拽，將牠活活撕得身首分家。

熱血噗的一聲噴在土地神的身上，那一縷搖晃而虛弱的影子驟然變得凝實。

有一部分鮮血落在了雲泰清腳邊的朱紅悅身上，她好像被燙到一樣，發出驚聲的尖叫，滿地亂滾，肩膀處發出吱吱的聲音，有輕煙從那手印的部位冒出，彷彿在承受一場無形的炮烙。

過了好一會，朱紅悅才停止了翻滾，虛弱地抱住頭，全身顫抖。

雲泰清看向白星，她走過去，拉開朱紅悅左肩的衣服，露出肩膀。原本有個手印的地方現在變成了一個巨大的爪印，焦黑惡臭，還冒著煙。

「這就是你說的無辜狐狸！」雲泰清氣急敗壞地說，「把你困在這個藏汙納垢的地方，吸取你的氣運，掩藏你的氣息，為了幹好看守的工作，還從這些普通人類身上吸取生氣，讓他們變得半人半鬼，連這個普普通通的女人都被牠附身了！要是沒把這玩意解決，你以為你能活多久？這個無辜的女人又能活多久？就你還為牠說話！你的主身都被牠弄死了！你還為牠說話！」

他將被撕成兩半的狐狸屍體扔在土地神的身上，轉身就走。

那個血手印的元凶，就是這隻守門用的狐狸。

如今狐狸一死，朱紅悅身上的邪氣被生氣所吞噬，才會自動燃燒。痛苦是痛苦了點，不過好歹命是保留下來了。

而土地神，如果他沒猜錯的話，他也是這隻狐狸的受害者，所以才會在妖血的沾染下，恢復一部分實體。

白星在他身後屈膝，以清亮的聲線高聲道：「恭送少爺。」

那位土地神也諾諾躬身：「多……多謝大人……」

雲泰清點了點頭。

剩下這些事情，自然有人或不是人的來處理，就與他無關了。

雲泰清走出辦公室時只見一片廢墟，門外的人都不見了，很可能早已化為塵土。他扭頭看向另外一個方向，不出所料，白麗正站在那扇無比熟悉的門前，衝他微笑。

她身後的門微微地敞開著一條縫隙，露出一道暖暖的微光。

雲泰清走到她面前，拉住了她的手，突然之間，一股內疚湧上心頭。

「白玲、白芳、黑羽、黑竹……這次的事情一定和他們的死有關……」

「我知道。」白麗說。

她的眼中閃著莫名的光芒，他以為是他身後的火光，正要仔細看時，卻被她垂下的眼簾擋住了。

雲泰清看著白麗，繼續說道：「我差一點就能查出凶手了……但是我上當了……浪費了大家的時間……」

白麗沒有說話，再次抬眼時，深沉的目光直直地和他相對，在火光的映照下，散發著詭異的光芒。

雲泰清突然說：「真可惜，我沒有死在這裡。」

白麗握著他的手驟然緊了一下，然後又緩緩地鬆開。她冷然卻溫柔地笑道：「您怎麼會死呢。」說話的語氣，卻像在說「真可惜」。

她偏過頭，看向他的身後。

雲泰清轉頭看去，白星正站在他後面，她旁邊的土地神手裡還拖著昏迷不醒的朱紅悅。

「妳做得很好。」白麗說。她語氣沉重，如同布滿天空的烏雲即將墜落。

雲泰清也看向白星，白星微笑著，滿臉不明所以的茫然，「白麗大人謬讚了。還是主子有先見之明，幾百年前便賜給屬下這個玉笏。」她雙手捧起玉笏交給白麗，「主子說，用過一次之後，就交給我所見到的第一個浮見。」

白麗整個人顫抖了起來。

黑城不知何時走了過來，一把將白麗推開，擋在她的面前，接過了那個玉笏。白麗緊抓住雲泰清的手指沒有即刻鬆開，在她被黑城強行推開的時候，順勢在他的手上劃出了幾道深深的血痕。

黑城沒有理會那些不重要的瑣事，冷冷地對白星道：「妳做得很好。」

白星深深地彎腰施禮。

雲泰清看著他們的舉動，想起曾經在巴里村造成毀滅的爆炸，以及夢中……

黑城道：「少爺，還是進來再說吧。」他的語氣平靜，和平時沒有什麼區別。

雲泰清點了點頭，走了進去。

門便在他們身後關上了。

第四章

Y U T O Y A W A

那次詭異的爆炸事件過後，雲泰清過了好長一段時間的悠閒生活。就在他以為自己的生活將再次走上正軌的時候，雲泰清又一次接到了那個號稱是「張小明哥哥」的電話。

上次和那人的罵戰結束不久，手機就在菁鳳的那場劫難中壽終正寢。後來他買了一支新手機，也沒再申辦新門號，只是原有的聯絡人資訊都沒了。所以在看到這陌生的電話時，他沒有反應過來，直接接通了。

不過，這次那人並沒有一上來就對他進行單方面指責。

他接通後的第一句話是：「爸爸去世了，你回來參加他的葬禮吧。」

剛開始雲泰清還沒想起來對方是誰，習慣性地以為對方說的是「雲泰清」的爸爸，不由得大驚失色。

什麼？前兩天他還偷偷去看了那老頭一眼，他正和老婆、兒子過著沒有他的幸福生活，怎麼就死了？

不過，這聲音給雲泰清留下了不可磨滅的討厭印象，所以雲泰清很快反應過來，那人說的不是他，而是「張小明」的爸爸。

話說回來，雲泰清覺得自己好像沒什麼父親緣。

親生父親和母親離婚後，父子倆就很少見面。即使見了面，也是瀰漫著不知該如何相處的尷尬氛圍，讓雙方都累得不行。

而泰昊和他在一起的時間倒是很長，可他根本不知道泰昊的身分啊！泰昊那些模稜兩可的話語他根本無法理解，至今他也不知道自己到底是泰昊的誰，只曉得泰昊好像為了自己折騰了好多事情出來。至於折騰出了什麼，他也不清楚，反正據白麗說，都是些不好的事情。

至於這位張小明的父親……即使只是掛名，似乎也逃脫不了父緣淺薄的詛咒呢。

聽到這個消息，雲泰清心中瞬間翻滾出許多念頭，不過最後他什麼也沒說，只是「哦」了一聲。

張小明的哥哥對他的態度十分不滿，卻沒有像上一次那樣出聲指責，只是說了葬禮的時間，便把電話掛了。

雲泰清覺得這人的態度有點奇怪，不過也沒仔細探究，便直接回家了。

花傑在上次婚禮上的事件過後，就再也沒有回到他的身邊。

他現在住的房子，原本被分成了三間隔間，分別租給三個人，不過現在對門的朱悅紅早已搬走，另外一位房客也沒有再出現過。

所以，雲泰清已經單獨和泰昊住在一起一年多了。

雲泰清原本以為自己一定會非常不適應，至少會有很多不方便的地方。但事實上，泰昊的習慣和愛好都和他非常相似，兩人住在一起的時候，感覺像是左手握著右手，再自然、再舒適不過了。

這一年之中，隨著他們碰觸的次數增加，也可能是蝕魂湯的力量逐漸減弱，雲泰清對泰昊的渴望程度逐漸降低，如今就算離開泰昊好幾個小時，只要最後回到他身邊，緊緊地擁抱一次，那種渴望就會消弭於無形。

回到「須彌芥子」裡，雲泰清做的第一件事就是跑到泰昊的書房，將他從桌邊拉起來，用力地擁抱了一會。剛剛從心底裡湧出的渴望隨即被壓了下去。

不知道是不是錯覺，雲泰清覺得自己對這種感覺越來越上癮，好像……好像也沒什麼不對？

可是泰昊很快皺眉推開了他。

雲泰清吃驚地看著泰昊，平時都是他把自己從泰昊身上強行撕下來，今天居然反過來了？

泰昊的臉色十分陰沉，問：「你今天遇到了什麼人？」

「什麼什麼人？我今天到處閒晃，遇到的人可多了。」

泰昊皺了皺眉，上上下下地打量他，隨即伸手在他的左耳附近虛空一握，猛地一拉。

雲泰清頓覺耳朵一痛，彷彿有什麼東西被他硬生生地從耳腔甚至是腦子裡，狠狠地拉了出來。

他定睛一看，原來是一長條黑色的陰影，很細很長，周圍還有偽足狀的黑氣，乍看之下，就像一隻怪誕的百足蟲。

泰昊將那東西在手掌心中團成一顆蛋形，雙手一併，噗的一聲，變成一蓬細灰粉末，揚揚地落在地板上，最後消失無蹤。

「這……這是什麼啊?!」

想到這玩意就藏自己的腦袋裡，雲泰清差點沒吐出來，忍不住使勁掏挖耳朵，生怕還有什麼在裡面沒弄乾淨。

「這是『耳報神』的變種。」泰昊說，「一般來說，將耳報神植入自己的耳中，就可以知道很多事情，包括過去的、未來的、自己的或他人的。但這個人造的耳報神不太對勁，應該對宿主沒什麼好處，而且它並沒有接收情報，反而正在試圖控制宿主。所幸，對你無效。」

雲泰清驚恐了。他又不是什麼大人物！為什麼要控制他？

泰昊的臉色很不好看，不知道是因為雲泰清防備心太低，還是不喜歡有外來的東西停留在雲泰清身上。

雲泰清縮了縮脖子，小聲道：「我今天碰到了很多人，不過只有接到張小明哥哥電話的時候，用了這一隻耳朵。」

泰昊只是定定地看著他。

雲泰清忍不住把葬禮的事情說了，連張小明哥哥有點不太對勁的事情也說了，因為泰昊的臉實在太過陰沉，他希望能稍稍轉移一下他的注意力。

泰昊沉默了一會，坐回椅子上，明明仰頭看著雲泰清，卻彷彿在俯視著他。

「你想去嗎？」

雲泰清趕緊說：「我當然不想去！」

在一年前那件事之後，泰昊和雲泰清長談了一次。

泰昊跟他其實沒什麼話好說。或者說，泰昊大多數時候跟誰都沒有什麼話好說，對下屬都是幾個簡單的詞彙便解決了大部分問題。能讓他多說兩句話的就只有雲泰清了——但也只是多說「兩句」而已。

那一天，泰昊用一隻手按在雲泰清的頭頂，眼睛一眨不眨地盯著他說：「你太會惹事了。」

被這句評價一箭穿心的雲泰清恨不得鑽到地底下去，整張臉漲得通紅。

泰昊沒有理會他的反應，繼續說道：「雖然我還有重要的事情要處理，想把你帶在我身邊，離開這個地方，但是現在還不到時候。」

雲泰清羞愧得臉更紅了，他想說自己不是未成年人，不需要被人如此關注，但卻什麼話也說不出來。

泰昊又道：「所以從現在開始，我會親自留在這裡看著你。」

雲泰清驚得張開了嘴，一臉呆愣。

「你……你有時間看著我？你不是有重要的事情要辦？」這位神仙的大事，肯定比他這個凡人要重要多了吧?

泰昊嘆息:「那件事,自有……他人去辦。現在,你的事情才是最重要的,我必須保證你待在我身邊,不要出事。」

所以,泰昊為了他,放棄了一切工作,把那些「重要的事」託付給別人,只為保護他的安全,並用一年的時間停留在「須彌芥子」這個幾乎與世隔絕的地方。

就像小時候那樣。

所以現在,雲泰清又憑什麼為了自己心中的好奇,去蹚那些說不清是什麼的渾水?

不過,泰昊的反應有點奇怪。他並沒有露出雲泰清預計中的欣喜,而是垂下眼睛,露出了為難的表情。

「怎麼了?」雲泰清驚訝地問。

「泰清……」泰昊低聲道:「雖然我很想說不准,但是……」他抬眼看向雲泰清,「這次,你必須得去。」

雲泰清瞪直了眼睛,「不是……等會!你不是說我太會搞事,所以要乖乖和你在一起嗎?怎麼突然就變了?」

泰昊的眼皮微微垂下,隨即抬起,望著他道:「有個人……一直躲著我。我需要你去,幫我把她找出來。」

雲泰清明白了,「哦」了一聲,隨口一問:「女的?」

但見泰昊點了點頭。

雲泰清萬萬沒想到會是肯定的答覆，瞬間連眼珠子都要瞪出來了，各種腦殘戀愛小說的情節紛紛湧上心頭。

「那什麼……」雲泰清小心翼翼地又問：「她不會是懷孕的時候……跑掉的吧？」

泰昊眼神突然一厲，「你怎麼知道！」

雲泰清本來靠在桌邊，被他厲眼一瞪，行雲流水地撲通一聲，跪在泰昊腳邊熟練地喊冤：「我不知道啊！但是小說不都是這麼寫嗎……」

泰昊扶額，他以為泰清已經知道了什麼……現在看來，只是腦迴路不大正常罷了。

「把你的想像都收起來，事情不是你想的那樣。」

雲泰清委屈地靠在他腿上，心說：我本來也沒當真，是你反應太大了……

他也很無辜好不好！

泰昊看他的臉就知道他在想什麼。他靜默了一下，繼續說道：「那個人……是造成你的魂魄如此虛弱的罪魁禍首。」

雲泰清驚了，「什麼？我這個樣子不是天生的嗎？」

「當然不是。」泰昊解釋道：「你原本……在我的計畫中，應該在幾百年前就成為我的兒子、我的繼任者。你應該變得和我十分相似，不必再受輪迴之苦。可惜我犯了一個錯誤，相信了不該相信的人，以至於你現在的狀態極不穩定，魂魄隨時都有可能崩潰，我必須一直分出……精力留在你身邊，讓你至少維持相對穩定的狀態。」

雲泰清拉回理智，想了想，問：「你是想把她抓回來接受懲罰嗎？」

泰昊點頭，「她必須受到懲罰，但最重要的，是讓她再也無力出來傷害你。可惜我本人不能出現在她面前。她實在太狡猾了，這麼多年為了躲避我，狡兔三窟的本事十分了得，如果我貿然出現在那裡，她很可能會瞬間逃走，連我也抓不住她。但她有個弱點，那就是你。只要你出現在那裡，她就一定會出來。」

雲泰清好奇道：「你怎麼就知道她一定會在那裡？」

泰昊看著他，唇角帶著微微的、若有似無的笑容。

雲泰清：「……」這是什麼意思啊？

好吧，其實泰昊不說，他大概也猜得出來。

當初在大鬧婚禮現場的時候雲泰清就知道了，幻貓阿夢偽裝的方躍華和周建成並不是罪魁禍首。雖然他恨他們，但那只是因為他們毫不猶豫地背叛了他。

雲泰清很清楚，在他們身後，還有一股更大的勢力，悄悄蟄伏，等待奪取他的魂魄，奉為獻祭。

被強行貼合在一起的蟾蜍和老虎、虎牢界中支離破碎的魂魄、白玲和黑竹的死亡、宴會上的人造攝魂怪，再加上異變的耳報神……

有人躲藏在後面，造出了這些非自然的妖物。

泰昊說過，他的魂魄是特殊的。泰昊也說過，他的魂魄被動過手腳，如果雲泰清死去，除非他自己現身，否則連泰昊都找不到他的下落。

那麼，泰昊為什麼要讓別人找不到他？

回憶起夢中巨口所說的話，雲泰清心裡有了大概的猜測。

「周建成死後，從他屍體上浮現出來的女神幻影，難道就是……」雲泰清猶豫地問著。

看著泰昊的表情，他知道自己猜對了。

這一切的起因，就在他自己身上。

所以他要去查出真相。

必須得去。

在雲泰清決定了要去參加葬禮之後，泰昊給了他一片玉笏。

雲泰清看了看手上的扳指，又看看玉笏。

這兩樣東西的質地和色澤非常相似，都是帶些微黃的白玉，觸感絲滑溫潤，彷彿二者是從同一塊玉料上刻下來的感覺。

他拿起玉笏掂了掂，發現上面並沒有可以懸掛的綴飾，於是問泰昊：「你說我要怎麼這玩意帶去參加葬禮？會不會被人偷了？」

泰昊沒理會他開得過大的腦洞，拿起玉笏，在扳指上輕輕一貼。

玉笏頓時消失無蹤。

雲泰清大喜：「這難道就是傳說中的隨身空間？我能不能在裡面放點別的東西？」

泰昊面無表情地看著他。

雲泰清訕訕一笑：「我就開個玩笑……我知道這是嵌套法具，只能兩樣東西搭配使用……」

泰昊摸了摸他的臉，作為獎勵。

雲泰清立刻又開心起來，心道：不管怎麼樣，這可是泰昊的法具，肯定不是平凡東西！

葬禮的舉辦場地，在京溪街五十八號。

這條街道有點偏僻，雲泰清死前都沒聽說過這條京溪街。

在電子地圖裡查了才知道，在市區稍微邊緣的位置新建設了別墅區，為了方便通行，修了一條新路，幾個月前才開始通車，取名「京溪街」。而「京溪街五十八號」正好背靠南山、接壤雲嶺，環境十分清幽。

說是京溪街五十八號，卻不是一小棟房子，而是在五十八號位置上的建築群，附近很大一片地方，似乎都是他們的產業。

根據張小明哥哥發來的簡訊，他們會停靈七天，等待親友的弔唁，到時候參加的人應該會非常多。

雲泰清取代了「張小明」的身分，就算不幫忙辦葬禮，也得提前幾天前往現場，表示一下「張小明」的孝心。

雲泰清在離正式的葬禮還有三天的時候，踏上了去往京溪街五十八號的路。

等下了公車他才發現，那地方實在太大了！他雖然看見了住戶的私家圍欄，但一望無際的柵欄綿延到很遠的地方，完全就是「只在此山中，雲深不知處」的真實寫照。

雲泰清走了好遠好遠，還是沒找到入口，累倒是不累，但這麼下去誰知道要走到什麼時候？

就在他一籌莫展的時候，身後突突突突地出現了摩托車的聲音。

雲泰清聞聲大喜，趕緊揮手攔車。

然而，當那輛摩托車停在他面前的時候，雲泰清臉上的喜悅卻淡了下來，直到對方取下安全帽、露出一張熟悉的臉，雲泰清的表情已經變成了疑惑。

「黑城？」

來者正是黑城。他穿著一身鬆鬆垮垮的運動休閒服，有些地方還起了點毛球，頭髮被安全帽弄得亂七八糟，臉上滿是長途跋涉後的塵灰，看起來就像個農村裡出來的務農青年。

雲泰清見過他許多次，雖然每次穿著都不盡相同，但無論何時，他都穿著得體。這麼狼狽的情況，基本沒有。

「你怎麼變成這個樣子？」雲泰清驚奇地問。

黑城尷尬地笑了笑，卻沒有回答他的問話，只是轉了轉手上的安全帽，笑道：「少爺您下車太早了，我送您一程吧。」

不知道為什麼，雲泰清總覺得他這個「送你一程」有點別的含意。但他並沒有放在心上。

在泰昊身邊時，他總是不由自主地將所有的注意力放在泰昊身上。對於泰昊身邊的這些人，他從來沒有在意過他們在想些什麼。

這一次也是一樣。

所以雲泰清什麼也沒說，他坐上黑城的車後座，摩托車一路轟鳴著向前飛馳而去。

一手駕駛著摩托車，黑城順手遞了一張紙條給雲泰清。

「這是什麼？」雲泰清問。

黑城沒有回答，也或者是風太大，他並沒有聽見。

雲泰清用黑城的背擋著風，低頭去看那張紙條。

紙條上寫著：**血**。

等摩托車終於抵達住宅門口，被兩棵老槐樹簇擁著的高檔的歐式雲紋鐵藝大門前，雲泰清下了車，拿著紙條又問黑城：「這是什麼？」

黑城笑道：「這是解除『封印』的東西。對您這次的任務有用。」

雲泰清莫名其妙：「封印？什麼封印？」

黑城沒有再回答，只是臉上的笑更複雜了幾分，輕輕道：「若您『回去』了……請一定要記住，我們對您，是絕對忠心的。」

他沒等雲泰清再發問，戴上安全帽，騎著摩托車一溜煙地消失在遠方，只留下雲泰清呆傻地站在原地。

雲泰清愣了一會，沒有放任自己停留在紛亂的思緒之中，只是低低哼笑了一聲，將紙條放進口袋，向著那扇鐵門走去。

他走到大門前，一排像泥雕木塑般站在原處的保全隊伍中走出一人，隔著鐵門問他：「您找誰？」

雲泰清本來想問「這裡是張樹海家嗎」，忽然想到自己現在就是「張小明」，於是他只頓了一秒鐘，立刻機智地說：「我是張小明。」

果不其然，那名保全和其他人交流了一下眼神，就幫他打開了大門。

雲泰清一腳踏入那片占地廣闊的富豪之地，隨即眼前一黑。

這可不是什麼形容詞，而是確確實實發生的。

站在門外的時候什麼也沒有，看著門內景色都是一片朗朗乾坤。但在雲泰清踏入門內的那一瞬間，眼前突然一片漆黑。

他的視力依然正常，門內的一切依然清晰，包括保全臉上好奇又有點輕蔑的表情，和周圍的花草樹木、房屋建築。

但同時，漆黑的濃煙如同蒸氣滾滾從地底冒出，騰騰升上天空。

那個領頭的保全帶他坐上了巡邏用車輛，一邊開車還一邊偷偷看他。

雲泰清看他既嚴肅又想八卦的臉，問：「你看什麼呢？沒見過帥哥？」

保全撲哧笑了一聲：「先生您真風趣啊！」

雲泰清：「……」

那保全繼續說：「不不，我的意思是，你們張家人的基因真有趣，猛一看一點都不像，但仔細一看，其實十分相似呢。」

雲泰清本來是來解決泰昊交代的事件，為了不讓某些奇奇怪怪的「人」看穿他的靈魂，泰昊在他的扳指上做了點手腳，稍微掩蓋了他靈魂顯現出來的容貌。對於這些道行稍淺的人而言，這樣程度的偽裝應該就足夠了。就算有其他人能看透他的靈魂，到時候見招拆招就可以了。

來到此處之前，雲泰清還讓黑鶩把張小明的身家資料都拿了過來，連張小明本人的魂魄都叫來見了面。畢竟他沒有半點張小明的記憶，要是到時候認不出張小明的大哥，那可就太搞笑了。

總之，正如保全所說，張小明的大哥和張小明這兩個人，外貌不全然相似，但他們的習慣、姿態、動作，卻彷彿是同一個模子刻出來一般，一眼就可以看出兩人肯定有血緣關係。

血緣還真是奇怪的存在呢。如果是我的兄弟姐妹……不不不！那些都是過去的事情，他們已經不存在了，再想也沒有用，反而讓心裡空落落地不舒服。

雲泰清定了定神，敷衍地說：「沒錯，因為是兄弟啊……」

保全發現他態度變得冷淡，也就沒再說話，沉默地將他送到了深處的大宅院。

這裡的占地確實夠廣，蜿蜒的小路兩側都是茂密的植物，就算是這個季節，也絲毫沒有冷清枯敗，深濃淡綠地相互簇擁著，生氣十足。他們坐在遊園車上足有十分鐘，所幸有車，不然今天他的時間就光浪費在走路上了。

下車的時候，雲泰清隨口道：「這宅子距離大門也太遠，走路過來不得累死。」

那保全說：「嗯，所以來這裡的人基本都有車，很少有人走路來。」

雲泰清：「……」窮鬼的膝蓋上中了一箭。

保全放下對講機，說：「我聯繫過了，馬上就會有人出來迎接您。」

雲泰清點了點頭，然後仔細看了看這一家的豪宅。

剛才在大門口的時候，看到的是十分現代的歐式鐵門，誰知道深處的宅子居然是復古的中式建築。

就像突然闖入另外一個世界，穿越進入古色古香的年代。

氣勢恢宏的紅牆綠瓦，展翅高飛的翹角飛簷，九曲十八彎的青石小路，層層疊疊的建築，忽而連棟比櫛，忽而疏落有致。

之前的小路上，都是些兩、三公尺高的樹植；到了這裡，建築周圍的樹便驟然拔高，儘管是冬天，依然與那些低矮樹木一般綠意盎然。

雲泰清站了兩分鐘，欣賞了一下十分難得的古建築，隨即就被寒冷打敗了。之前走得汗流浹背，這會一吹風便覺得寒意刺骨，也不知和此處不正常的黑氣有沒有關係。

又堅持了一會，卻一直沒有等到有人出來迎接，他有點懷疑這是張正卿為了給張小明一個下馬威。

張正卿，正是張小明那鼎鼎大名的哥哥。

雲泰清覺得張小明的老爹肯定不愛他，不然怎麼幫他取了個這麼敷衍的名字。怪不得這小子想離家出走。

這麼一想，雲泰清沒有再耽擱，而是直接走了進去。

穿過垂花門，就見曲折遊廊漫漫蜿蜒，各處山石點綴，若是夏天過來，恐怕還有綠色藤蔓四處攀爬，更有野趣。

大概是看得久了，眼前的黑暗逐漸消失，但視野所及之處還是有點灰濛濛的。雲泰清抬頭四望，卻忽然發現一處建築包圍之處，竟有濃稠的黑氣沖天而起，相較之下，剛才的黑色彷彿淡淡的薄霧一般，絲毫沒有威脅。

雲泰清分辨了一下方向，就向那黑氣之處走去。

自婚禮事件過後，雖然泰昊並不允許他去接觸那些神怪妖物，但黑城臨走之前留下的訓練計畫卻絲毫沒有半點懈怠。即便他想偷懶，也會有其他人，比如黑鷲、黑蛇、白英、白星等人輪番拿著小皮鞭嚴厲敦促，彷彿他少鍛鍊一秒都是罪大惡極。

不過話說回來，他的記憶基本都恢復了，幾千年轉世下來，所有關於陣法和符咒的造詣都已經到達了登峰造極的程度，根本沒必要拘泥於這些低等的體術不是嗎？

他嚴肅地跟泰昊談論了一下自己的想法，結果……結果泰昊只是用冷淡的目光看著他，彷彿在看一隻傻兮兮的老鼠。他直接慫了，一句話也不敢多說，拚命地訓練去了。

稍微放縱自己在委屈的情緒裡沉浸了幾秒，雲泰清繼續向那個地方走去。

奇怪的是，那團黑氣，包括籠罩在京溪街五十八號上方的黑霧，雲泰清並沒有什麼太多的感覺，沒有不適，也沒有不願意接近，更沒有危險的感覺。所以他走過去的時候，只是有點心虛，卻並不慌張。

那黑氣所起之處，正是一棟最明顯的建築，高大宏偉，占地不小，連飛簷都比別處要高許多。按照古代建築看來，那位置應當是堂屋，也就是古代會客廳一類的位置。

古代的大戶人家，一般不會把房子建得通直，以至於任何人都能隨意登堂入室。所以儘管堂屋並不在很深的地方，卻也讓他繞了兩圈才站在那紅漆木門前。

那雙扇的紅門緊緊地閉著，裡面傳出奇怪的韻律聲。似乎是有人在歌唱，仔細聽聽，卻又不像是歌曲，更像是某種祭祀的音調。

雲泰清輕輕一推，那扇門無聲無息地敞開了。

第五章

Y U T O Y A W A

屋內的情形映入眼簾，雲泰清不禁嚇了一跳。

倒不是他膽子小，而是在外面聽起來，只有那奇怪的韻律聲，他覺得裡面大概只有一、兩個人。誰知道一開門，整個堂屋站著滿滿當當的人，都背對著門，腦袋是黑的，衣服也是黑的，黑壓壓的一片，壓迫感十足。

雲泰清只是被驚了一下，也沒發出什麼聲音，於是靜悄悄地走進去，並沒有驚動任何人。

堂屋布置成了靈堂的模樣，正堂上方高掛著老爺子的黑白遺像，正是資料裡見過的張樹海。下書一個狂放的「奠」字，左右兩邊高掛黑白輓聯，再側則是親屬送的各種祭幛，落款有晚輩也有平輩。

那「奠」字下方有張供桌，上面擺放著幾可亂真的三牲供品，供桌後是冰棺，那位張樹海就躺在裡面。四周牆邊放滿了黃白色的菊花，紙紮的花圈一個一個交疊，再加上滿滿當當的人群，讓原本很大的空間顯得有些擁擠。

這堂屋是真的大，就算擠了幾十人，再加上那麼多雜七雜八的東西，以及那個巨大的豪華級冰棺，中間竟還能留出一片空地，一位羽冠道袍的老道士揮舞著拂塵和招魂幡在裡面跳舞。

雲泰清仔細看了看，那老道士居然不是胡亂跳著，他腳下踏的是八卦中的正規天罡步，一邊跳還一邊念念有詞，正是他在門外聽到的奇怪韻律。

按理說，他穿得這麼正統（道袍），跳得這麼正統（天罡八卦步），還唱得這麼正統（這個聽不清楚，不過挺押韻的），身上不說功德金光閃爍，也不能一片漆黑對不對？

可老道士偏偏一身漆黑。

他每跳一次，身上就有一縷黑氣盤旋而上，在屋內轉個幾圈，進入每個人的身體，又毫不客氣地離開，順便帶走那人身上的一縷白氣，最後蒸騰而上，穿透房頂，匯聚成他在外面看到的那股沖天黑氣。

雲泰清站在一邊，本來覺得應該沒他什麼事，誰知那些黑氣似乎發現了他的存在，也盤盤旋旋地在他身邊轉圈，妄圖從他身上偷取一絲精氣。奈何只要接近他半公尺之內，那黑氣就如同被燙著了一般，發出刺啦一聲，被彈得老遠。

呵呵，泰昊的玉笏跟扳指都在他身上，要是還能被這些黑氣沾染到，那他不如直接死了算了。

這麼想著，雲泰清忍不住冷哼了一聲。

誰想這堂屋實在太過安靜，他這一聲竟是十分惹眼。頓時，所有人都回過頭來，無數的眼睛灼灼地落在他身上，饒是臉皮厚如雲泰清，也覺得壓力十足。

站在最前方的正是張小明的哥哥——張正卿。

他確實長得跟張小明不太一樣。身材高大，肩寬腿長，站在一群男人中間也顯得鶴立雞群，氣勢驚人。不過在看到雲泰清時，他的表情扭曲了一下——雲泰清覺得，要不是為了保持自己的氣勢，張正卿現在就想衝上來給他兩拳。

還沒等張正卿考慮好要不要上前揍人，那老道士忽地一個踉蹌，那剛剛升騰起來的黑氣頓時消散無蹤。

老道士大怒，喝道：「是誰打斷老夫祭祀！」

雲泰清是來找人的，不是來惹事的，聽到這話的第一反應就是掩面遁逃。可惜為時已晚，在那麼多雙眼睛的瞪視下，他不過是掩耳盜鈴罷了。

於是他堅定地撐住了，擺出一副張小明傲視天下的中二臉，冷哼道：「裝神弄鬼！」

雲泰清拿到的資料沒有非常詳細，畢竟才幾天的時間，裡面對於張小明及其親屬私底下的相處情況並不清楚。後來，還是黑鶩幫忙將張小明的魂魄從地府帶到了「須彌芥子」裡，讓他面對面觀摩學習。

那小子剛開始還指望以此跟他談判，要求雲泰清把身體還給他，否則休想跟他交流。結果黑鶩冷笑一聲，「陽壽已盡還這麼囂張！」然後不知從哪裡拖了隻豬出來，強行將張小明往豬身上推。張小明立刻慫了，要他做什麼就做什麼，要他說什麼就說什麼，一點都不含糊。

幾天相處下來，真的讓雲泰清頭痛不已。他沒想到一個人能那麼難纏，一件簡單的事情能折騰好幾天。

「雲哥！雲哥！」在空閒時間裡，張小明說得最多的就是這句話，「你覺得我哥哥也活不久了嗎？小時候我爸老說我是短命鬼，和哥哥不一樣，可是現在看來哥哥也和我差不多嘛哈哈哈哈哈！不過你能不能讓他多活一陣子啊？我爸爸只有這麼一個兒子了，不能沒人送終啊……」

白麗聽到他的話，哈的一聲笑了出來：「少爺，他好像您啊！我是說『蠢』這方面。」

雲泰清：「……」

雖然覺得這孩子很煩，但雲泰清不得不承認，張小明的那句話還是觸動到他了。

他不知道張樹海到底是什麼毛病，就算偏心也不該偏到這種程度，當著未成年孩子的面說他是個短命鬼？這到底是兒子還是仇人啊？要如何狠心才能說出這種話？

也就這麼個小傻子，才會在被父親和哥哥如此忽視的情況下，還能保有一絲善意。

要是雲泰清本人，非得鬧他個天翻地覆不可！

可也就是這樣的小傻子，讓雲泰清的心稍微動了動。

「我不能保證你哥哥能活著……」這世界上，意外太多了，他又不是泰昊。何況即便是泰昊，也有做不到的事情。「但我答應你，在我的能力範圍之內，盡量保住你哥哥的性命。」

張小明得到了他肯定的答覆，很高興地完成了自己的任務，然後便放心地被帶走了，對於雲泰清會不會兌現諾言的事情沒有絲毫的擔心。

果然是個蠢孩子，雲泰清想。

所以在扮演張小明這件事上，雲泰清等於是上了幾天的速成班，要是這些人和張小明朝夕相處，他肯定會穿幫的。還好他連自己的親哥都好幾年沒見過了，只要不犯一些原則性錯誤，就沒人能看破他的偽裝。

雲泰清的表演大概很成功，站在人群最前方的張正卿一聽到他說話，便露出一副比剛才更甚的厭煩表情，對旁邊的人說：「幾年不見現在更沒長進了！竟敢打斷這麼重要的祭祀活動！來人——把二少爺弄回他房間去！」

站在人群最後方的黑衣人聞言，氣勢洶洶地衝了過來。

知道的是要把他送回房間，不知道的還以為要毀屍滅跡。

雲泰清非常誇張地扠腰狂笑：「你以為我願意回來？不是你要我回來的嗎？膽敢威脅我？這回就讓你知道……」

那群人衝了過來，捂著他的嘴，硬將雲泰清抬走了。

一人在他耳邊小聲說：「二少，得罪了！大少正生氣呢，您可別往槍口上撞。」

可張小明就是個願意往槍口上撞的傻子啊！

所以雲泰清拚命掙開了那隻捂嘴的手，大喊：「你願意就叫我回來！不願意就把我往外趕！你以為你是誰！你們在這裡搞這些有的沒的，以為找個道士作法就能讓億萬家產歸你所有嗎！別傻了！到底是誰不長進！告訴你！我聰明著！那些錢我也有一份！你休想獨吞嗚嗚嗚……」

張正卿已經氣得七竅生煙，一臉猙獰地就要向雲泰清衝去，然後被一群堂兄弟們給拖住了。他只能抓起一支手機向雲泰清的腦袋扔去，聲嘶力竭地大罵：「整天胡說八道不做正事！要你何用！活著也是浪費糧食！來人！把他拖出去宰了！給我宰了！」

這回有七、八個手掌爭相來捂雲泰清的嘴，一群人一邊將他往外拖，一邊小聲勸：「二少、二少，好漢不吃眼前虧！您可別再招惹大少了！」

那些人將雲泰清送出了正院，又拐了幾個彎，走了好幾分鐘，才將他送入一個不大的小院子，彷彿很恭敬一般將他丟在正房的太師椅上。然後一群人圍著他，你一言、我一語，勸他別任性了，乖乖被哥哥訓斥兩句也沒什麼，畢竟今後是張正卿當家，張小明和他作對可沒什麼好處……

雲泰清做出不甘不願的樣子閉了嘴，那些人互相對視幾眼，做了個心照不宣的表情，又說了幾句場面話，這才出去了。

他們一出去就沒了顧忌，不過雲泰清的聽力今非昔比，就算那些人壓低了聲音，隔著幾道牆他也聽得清清楚楚。

「唉，你說大老闆非得把他這個蠢弟弟弄回來是為什麼啊？」

「不是說要宣讀遺囑了嗎？聽說這種時候全家人都得在才行。」

「別搞笑了，你們瞧他那樣，大老闆的爹能放心把家產交給他？」

「我看電視裡說，就算沒分到家產，直系親屬也得來……」

「嗐！告訴你們，我有特殊管道的消息，大老闆要找這位傻子二少回來，其實是有別的用處！」

「就他那樣，能有什麼用處？」

「我哪知！反正是不好的用處就對了！」

「也是。就他這種智商，早死早超生吧，哈哈哈哈……」

雲泰清一點也不奇怪張正卿的手下會對張小明心懷不滿。

他在椅子上坐了一會，等那些人都走了，才站起來在屋裡轉了幾圈。

這屋裡也是一副古色古香的樣子，案几、羅床、香爐一樣不少，香爐裡甚至點著香，輕煙嫋嫋向上盤旋，透出沁人心脾的淡淡香氣。

但這裡卻是任何現代化的裝飾也沒有。就算是泰昊的須彌芥子裡，都有幾盞看起來很豪華、很現代化的吊燈作為裝飾呢。

雲泰清找了半天，才在一張不起眼的桌子底下找到插座，給手機充了電。現代人的三大恐慌：手機沒電、電視沒臺、電腦沒網。尤其是手機，今天要是找不到插座，他就算翻牆也得逃出去。

他走出正房，站在小院裡往堂屋的方向看去。

剛才沖天而起的黑氣已經消失。

雲泰清雖然是被強迫拖過來的，但張正卿並沒有派人看守他，也不知道是想讓張小明繼續作死，好達到他的什麼目的，還是根本沒想到。當雲泰清抬步向外走去時，拖他進來的人早就不知去向。

這種情況甚合他心意，於是雲泰清大步向最高的建築走去。

沒錯，他要回堂屋去。

不過這回他只是要找個最高的地方察看一下情況而已。

在來之前，他就問過泰昊，應該怎麼查找那個人的線索，比如在誰身上有特殊印記之類的。

泰昊輕描淡寫地說：「你去了，自然而然就知道了。」

雲泰清看看電子地圖上京溪街五十八號圈出來的好大一片空白，無語地看向泰昊。

泰昊看著他愁眉苦臉的面容，輕輕摸了摸他的腦袋，又道：「還有一種方法，就是找個最高的地方爬上去，看一下那裡的情況。如果那個人在的話，你會知道的。」

雲泰清走到堂屋的後門外，看了看圍牆，應該不算太高。他退開了一些距離，猛地向前奔了幾步，一腳踏踩在圍牆上，便跳了上去。

他順著圍牆一直走到堂屋房頂，按了按上面的瓦片，還算結實，便輕盈地爬上了屋頂。

站在最高處，果然有一覽眾山小的氣勢！

左看，是鬱鬱蔥蔥的南山；右看，是高樓林立的城市；圍繞著這一片建築的，是綿延幾里的京溪街五十八號綠化帶，枯榮皆具，有生有死。就像那些糾纏著張家的黑氣，和它們所帶走的那些白氣。

再仔細看看，那些枯榮之處卻是相當有規律。

整個京溪街五十八號地界上的所有植物，枯榮之比幾乎是半半之數，不過並沒有特別明顯的分界，而是你中有我、我中有你，仔細看時，卻能發現其中有八卦生滅之象。

想了想，他拿出黑鶩給他的那張紙，看了看上面的「血」字，便拿出口袋裡的小刀，在指尖上輕輕戳了一下。

一滴血慢慢地湧出，又慢慢地滑落到他的腳下。

雲泰清只覺砰的一下，眼前那些灰濛濛的顏色猛然褪去，一切景物變得異常清晰。那些枯榮的植物之上發出了黑金色的光彩，在他眼中蜿蜒相連，化作一張黑金大網，映照在顏色變得異常汙濁的天空上。一千三百六十六個小型的咒術組成了一個巨大的黑金大陣，在京溪街五十八號上方緩緩旋轉。

但除此之外，什麼事情也沒有發生。

雲泰清有點疑惑地想著，泰昊說他只要到了這裡，那個人就會出現；黑城也用紙條告訴他，他的血對此任務有用。

然而現在，什麼也沒有。

沒有什麼妖魔鬼怪衝出來要取他性命，更沒有看見那個在周建成屍體上驚鴻一瞥的女神。

雲泰清本以為只要到了這裡就能很快解決問題，但現在又是什麼情況？問題到底在哪裡？他要怎麼解決啊！

就在他百思不得其解的時候，底下傳來陰陽怪氣的聲音：「哎喲，看看那是誰啊？在你父親的靈堂還沒鬧夠，現在居然踩到頭上去了？」

雲泰清低頭一看，剛才這堂屋前的空地上一個人沒有，他不過是稍微分神放了一下血，這下面已經站滿了黑衣人，他們仰頭看著他，嘴角掛著生怕他看不出來的輕蔑。

也不知道他們看到他詭異的動作沒有，不過轉念一想，張小明這傻子有什麼事情幹不出來？

於是雲泰清定睛一看，指著那個說話的黃毛小伙子，說：「原來是秋秋啊，像你這種窮親戚當然不明白我們這些有錢人的生活了，看風景就是要在這種通風良好、視野開闊的地方欣賞！懂嗎？窮鬼！」

這位秋秋——也就是梁清秋——正是張小明的表哥。關係有點遠，家裡比較窮，不過他全家都挺識時務，從十幾年前開始，就緊緊抱上了張家的大腿，家境才慢慢好起來。如今是張正卿手邊的小弟，為張正卿鞠躬盡瘁。

據張小明說，張樹海掌權的時候，梁清秋都恨不得改了自己的姓，變成張樹海的兒子。後來張樹海逐漸退居幕後，他就開始討好張正卿，又恨不得變成張正卿的兒子才好。

嗯，就是這麼不要臉。

梁清秋果不其然氣得跳腳，叫人上去把雲泰清抓下來。

雲泰清冷笑著等他們搬梯子，心道：看你們那動作，老子早就跳下去不知道幾回了。

跟梁清秋對峙了一會，雲泰清突然覺得有點不對勁。按理說，他在亡父的腦袋上亂搞，張正卿才更該跳起來罵他不孝才是，怎麼是梁清秋跟親爹被羞辱了一樣叫個沒完？張正卿呢？

雲泰清的視線梭巡了一圈，才在角落裡看到了張正卿，他卻沒有怒目而視，他甚至都沒有在看他。張正卿站在角落和一個中年男子說話，那男子認真聽著，偶爾將目光向他挪移過來，又如同什麼也沒看見一般挪走。

那個男子他知道，好像是張正卿和張小明的三叔，他們父親的三弟。

雲泰清覺得他們肯定是在說他的壞話。

一群身手俐落的黑衣人跳上房頂，將雲泰清連拖帶拽弄了下去。這回他們並沒有像剛開始一樣客氣，一落地就將他五花大綁，推到靈堂，逼他跪下。

雲泰清簡直要暴走了！

他的跪拜是那麼好受的嗎？

這張樹海憑什麼得他一跪啊？

任務完成不了事小，被泰昊知道他跪了別人，接下來的日子他還能好過？

於是雲泰清梗著脖子站得直挺挺，也不知道是他的身體素質變強了，還是他們的力氣實在太小，他們費了好大的勁，居然都拿他沒轍。

泰昊總是對的，這次也不例外。果然，陣法符咒有用，體術有用的時候也很多啊！

總之，對方這個下馬威完全沒成功。

最後還是三叔出面，和顏悅色、苦口婆心地勸導他，大意是有張正卿這樣愛護弟弟的哥哥，是他積了八輩子福氣的結果，就他這模樣，在別人家早就被趕出家門，也就張正卿兄友弟恭，要不是這個完美的哥哥，他就得被踢出家門，連父親的葬禮都不能參加……

雲泰清「呵呵」兩聲。張小明是個傻子，但在幾天的相處中，他看得出來張小明對父親和哥哥都有很深的感情，只是因為某些原因，才會離家出走。在這種情況下，他的父親不把整個家族產業交給他，那很正常，但遺囑中一個字也沒提，那就很不正常了。

而且最詭異的是，張樹海就死在京溪街五十八號，但因為此處奇怪的布局，地府的勾魂使者進不來，只能在外面試圖用勾魂索將他帶走。但多次嘗試下，卻發現勾魂索根本找不到他的魂魄。

為了幫他尋找相關資料，黑鷲專程去了轉輪司一趟，然後帶回來一個很不好的消息。張家從數百年前至今，上百號直系男性血親，每隔三十五年就會有幾個魂魄不知所蹤。

所有的魂魄都是有去處的。人死為鬼，鬼死為聻，聻死為虛無。除了雲泰清這種特殊情況之外，其他的鬼，無論是變成地縛靈還是變成惡鬼，起死回生還是化作妖孽，甚至是灰飛煙滅，在地府都會有紀錄，知道你最終去往何處。

但張家的這些魂魄卻沒有紀錄。轉輪司錄案之上，只有這些人從生到死的紀錄，死後的部分卻彷彿被攔腰斬斷，一片空白。

黑鶖說，這十分不正常。但是從古至今，各種生死紀錄可達數億兆，是他根本想像不出來的龐大數量。如果不是專程去查這個家族的紀錄，根本沒人會發現這個問題。

三十五年……

上一個三十五年，消失的魂魄是張小明的二叔和兩位堂叔。到去年剛好是又一個第三十五年，先是張小明的四叔死去，緊接著是他的五叔，再然後是他的兩位堂兄。

但不知道為什麼，這事居然還沒結束，又死了兩位旁支的血親之後，他的父親也跟著死去。這些魂魄並不都死於京溪街五十八號，甚至有一位堂兄死在了國外，但跟國外的地府浮游交涉，發現那位堂兄的魂魄也遍尋不著，就像其他幾位死在國內的親戚一樣。

黑鶖將查出的資料交給雲泰清，雲泰清仔細地看了看，然後發現了一個規律。

除了最後這次之外，血緣和長子長孫越接近，死亡的人數就越少。

若是死亡的人，其血緣和長子長孫稍遠，那麼死亡總數就會增加。也就是說，較遠的血緣，就會多出幾條被犧牲的性命；較近的血緣，則死的很少。

比如有一年，正好是一位長子在長孫出生後死去，那個三十五年的週期中，就只消失了這麼一個魂魄。

雲泰清和黑鶩討論了半天，認為這種死亡方式很像是祭祀，就是不知道他們在祭祀什麼。於是雲泰清跑去問泰昊，泰昊卻用奇怪的目光看著他。

「你看到，就會明白了。」

現在雲泰清親眼看到了他們的陣法。但問題是，他們到底在祭祀什麼？是什麼樣的誘惑，讓他們寧可付出無數的性命來換取？而這些和泰昊要他尋找的人又有什麼關係？

他現在看到了整個情況，卻還是一頭霧水，完全沒有頭緒。

那位三叔還在嘮叨，雲泰清不耐煩了，說：「我親生父親還在那裡躺著呢，想替他教訓我，要不要也進去醞釀一下感情？」

三叔的臉色頓時變了，訕訕地說了句：「你這孩子怎麼說話呢……」

這靈堂裡人來人往，許多人都向雲泰清投去鄙視的目光，不過他畢竟是張正卿的弟弟，大家也只敢看看罷了。

最後，張正卿大概也覺得父親剛過世，就把唯一的弟弟五花大綁在父親靈前有點不好，便讓人將他又送回了之前的房間，這回還在門上加了一把大鎖。

雲泰清稍微費了點事，從繩子裡掙脫出來。

「想困住我，沒那麼容易！」

他已經看過了大陣的原身，對這次的事件有了點底，所以他並不慌張，只需要等著他們折騰就好。

於是他乖乖地待在房間裡玩手機。

一直到了晚上，居然還有人來送飯給他。

送飯的人是張小明的三叔。

老傢伙頂著一張溫和可親的笑臉，親自端著飯食走了進來，不僅親切地幫他盛好飯菜，還想親自遞到雲泰清手裡。

雲泰清冷冷地看著他，半點也不領情。

張三叔硬撐著端了一會，最後還是訕訕地將東西放下了。

「你看你這孩子……」他依然很親切地說：「這麼不聽話，跑到外面去就算了，多少年也不回家，這次要不是你爸的事情，恐怕你還不回來呢……」

雲泰清：「嗯，我並不打算回來。」

張三叔的臉變了變，不過還是把那張親切的表情撐住了，不急不緩地說：「也不是我說你，我們張家的人，都是為家族奉獻的。你知道，你的叔伯爺爺，你的爸爸，不都是這樣嗎？我們家，都是為了家人的幸福安樂，願意奉獻出一切的人，我相信你也一樣。」

雲泰清心裡動了動，想想自己其實還不知道這群人非要讓張小明回來的原因，便順著他的話講了下去：「哦？那你為什麼自己不奉獻呢？」

張三叔噎了一下，又運了運氣，再次堆起笑容，道：「這種事情，可不是我說了算的。小明啊，你就乖乖的，大家都省心，可別再鬧出什麼事了啊！聽話，等事情完了，你就……

自由了。」

雲泰清覺得他口中的那個「自由」，大概需要加上粗粗的引號。

雲泰清道：「那如果我不想死，你們又能怎麼辦呢？」

張三叔強堆起來的笑容終於消失，他騰地站了起來，恨恨地罵了一句：「不識抬舉！」便打算拂袖而去。

雲泰清哪裡會吃這個虧，除了泰昊，他現在是遇到誰都不怕。

於是他抄起桌子上還冒著些許溫度的飯菜，直接扔了出去，正正扣在張三叔的頭上，然後用力地關上門，任由頂著殘羹剩飯的張三叔氣急敗壞地在門口罵了他半小時，最後還是梁清秋跑過來把張三叔勸走了。

到了晚上，因為房間裡沒有電燈，雲泰清點上了蠟燭。結果在燭火燃燒起來的瞬間，他突然發現牆上閃爍著微微的磷光。

雲泰清嚇了一跳。當初周建成的定魂大咒是真的把他害慘了，看到相似的東西，他第一反應就是「完了，又落入陷阱了」。

就在他腦袋已經紛紛亂亂，只覺得下一刻那位催命的女神就會躥出牆壁的時候，門外突然傳來一陣貓叫聲。那聲音十分淒厲，猶如恐怖片裡的催魂慘叫。

但很奇異，在貓叫聲響起的同時，他突然就冷靜了下來。

雲泰清這麼一冷靜下來，很快就注意到，這牆上的咒印和之前周建成的定魂大咒完全不同。

憑藉過去輪迴轉生的記憶，現在的他能夠十分清楚地分辨出眼前牆上的咒術有多麼簡陋與不堪一擊，和之前在菁鳳的牆壁上、具有強大壓迫感的咒術完全不可同日而語。

這些小咒語，只是簡單的死亡詛咒。就是詛咒住在這個房間的人快去死的意思。簡直像害怕住在這裡的人能活著跑出去一樣，居然同時寫上了無數種不同的死亡詛咒，以確保待在這裡的人能用各種不同的死法死去。

這就有點奇怪了。

憑張正卿的能耐和他如今的勢力，他要是想對付張小明，只要伸一根小手指頭都能把張小明摁死。那他為什麼要如此大費周章？

雲泰清想起了那些死亡之後魂魄消失無蹤的張家人，他們的死亡紀錄都很簡單，意外、病逝、意外、病逝、意外……居然沒有一個是他殺。

地府的錄案沒有懸案也沒有疑案，發生了什麼就會記錄什麼。

那麼，那些人的死亡，也是因為這些詛咒嗎？

而他們堅持讓自己的血脈親人死於各種「疾病意外」，難道是為了躲避地府的追查？

真正在躲避地府追查的，到底是誰？

再想想，張小明身為長子張樹海的第二個兒子，張小明和張正卿都沒有孩子，那麼他們兩個就是可以犧牲的人中，血緣最近的長子之子。現在看來，他們恐怕早就決定好，要犧牲張小明了。

怪不得泰昊說張小明陽壽已盡，即便不去搶他的身體，也自會有人來要他的命。那麼，現在問題來了——身為血脈最濃之人的張樹海已經死去，他們為什麼還要殺張小明？

難道他之前「血緣越近，人死越少」的推論是錯的？還是有其他原因，讓他們不得不再向其他血親下手？

雲泰清坐在搖曳的燭火前思考了五分鐘，很快便將這一切拋在腦後。

他來到這裡，是為泰昊尋找「那個人」的，這些事情能順便查查也行，但最重要的，還是找到「那個人」的蹤跡。

就在他又開始考慮如何找人的時候，一股難以壓制的渴望就如同小蟲般，從心底窸窸窣窣地鑽了出來。

雲泰清的思緒瞬間被這股渴望擠到九霄雲外。

他已經好幾個小時沒有碰觸泰昊了。

在這一年中，他無論做什麼、身在何處，每天都要保證至少八個小時和泰昊擁抱一次。而這一次，從離家到現在，他已經整整十二個小時沒能觸碰泰昊一下。

他覺得這次要完了。

雖然泰昊說他們之間的聯繫已經十分穩固，蝕魂湯的作用幾近於無，泰昊對他的渴望也已經降到最低，這種欲望不過是殘留的迴響，不會造成太大的影響，就算幾天不碰觸也沒有關係……

但是！

但是！

這種渴望發作時的難耐與坐立不安，卻是誰也幫不了他。

他必須自己忍耐過去。

雲泰清和衣躺在床上，整個人蜷縮在被子下面，左手緊緊地握住右手，嘴唇抵在套住無名指的、被捏成指環的扳指上。

只有這個動作，才能讓他感覺到些許泰昊的氣息，讓他稍微好過一些。

與此同時，泰昊從書房的書桌後站了起來。

他的面前有一個黑色的洞口逐漸成形，隨著颶風在洞口呼嘯，洞內傳來了狂放憤怒的咆哮：「泰清呢！泰清去哪裡了！我就說為何我們如此痛苦，原來是你沒有碰觸他！」

泰昊嘆了一聲：「我讓他去見她了……」

洞內再次發出一聲怒吼：「什麼！你知道你在幹什麼嗎？誰讓你允許他跟她見面！他只是見了她一面就失去了求生意志，她必然會趁此機會要了他的命！」

「我知道。」泰昊道，「我知道，所以他必須去。」

黑洞那邊的聲音意味不明地呼嘯了一會，卻最終逐漸平靜下來。

「你說得沒錯，他必須去。」那邊說，「但是你至少在他身上留下一縷……」

「一縷也不行。」泰昊道，「她會發現的，她會躲起來，然後繼續傷害他。所以這一次，他必須靠自己。」

那邊輕輕地哼了一聲，沒再作聲。

黑洞逐漸沉寂下來，在半空中漸漸消失。

泰昊慢慢坐下，用左手握住右手，那是曾經戴著扳指的地方。

前一天折騰得實在太累，雲泰清一直睡到了日上三竿還沒醒來。最後，是一聲尖細的尖叫將他從夢中叫醒。

他一睜眼，也被嚇得嗷嗷叫了兩聲。

不是他膽子小，任誰剛醒就見十幾號黑衣人站在床前，都會瞬間嚇破膽的好嗎！

「你們要幹嘛！」

「你怎麼沒死！」

他和梁清秋同時叫道。

雲泰清愣了一下，「我為什麼要死？」

梁清秋退了兩步，猛地抓了抓他那稻草一樣的黃毛，轉身跑了出去。

那些做沉痛的黑衣人發現他還活著，全都驚呆了。

雲泰清也不管他們呆不呆，直接穿了衣服跟著梁清秋奔了出去。那些黑衣人大概太過吃驚，也沒人來攔他。

梁清秋一路奔到了堂屋門前，大喊大叫著衝了進去：「表哥！表哥！張小明沒有死——」他的話卡斷在中間，空氣彷彿陷入死一般的沉默。

雲泰清跟著走進去的時候，那股沉默更是排山倒海地向他壓來。

堂屋外的正院裡，端端正正地躺著幾具屍體，已經被大塊白布遮蓋起來，只露出幾張青灰色的臉。

是張家幾位旁支的堂兄弟。雲泰清在資料照片裡看到過他們。而那位張三叔正鐵青著臉色，用吃人般的眼神看著他。

雲泰清訕笑道：「哎喲，死了不少人啊。」

梁清秋已經傻了，壓根沒心思理會雲泰清，嘴裡嘟囔著「怎麼會……」

而張正卿走到了他的面前，表情陰沉，彷彿全世界的錯誤都因他一人而起。

張正卿說：「張小明，你為什麼沒死？」

雲泰清有點驚奇地問他：「我該死嗎？不會呀，我剛剛做過體檢，身體機能好得很，再活個三五百年都不成問題！」

張正卿一把抓住雲泰清的領口。

他人高馬大，輕輕鬆鬆就將雲泰清從地面上拎了起來，「這一切都是你的錯！要不是你，這些人也不必死！就是因為你沒死，所以爸爸才死了！還要拖著這麼多人陪葬！」

雲泰清突然想起了張小明的那場車禍……那也是一場「意外」呢。去年，正是需要長子長孫血脈的又一個三十五年。要不是他出人意料地在張小明死亡之前，將張小明的魂魄踢出體外，恐怕張小明的魂魄也會消失吧。

那麼，是因為他，導致張小明沒有按照他們的計畫死去，張小明的魂魄沒有被獻祭，而是順利進入地府。不巧，張家人以為死掉的那幾位就已經夠了，也沒再對張小明趕盡殺絕，所以才會在第三十六年再次出現了死亡。

所以說，一切都是雲泰清導致的。

雲泰清嘿嘿笑了兩聲，大聲說道：「胡扯！你死我死不都一樣？要是你死了，事情不也一樣能解決？你為什麼不去死？為什麼死的一定要是我？啊？你說啊！」

張正卿的臉頓時就變了，失聲道：「你知道?!」

嗯，雲泰清之前不確定，現在知道了。

祭祀需要長子長孫的血脈，有了新的血脈之後，血緣最近的長子長孫就要被犧牲。如果按照血緣而論，最少的犧牲應當是付出張樹海或張正卿的性命，但他們兩個一點也不想犧牲，於是想到了張小明這個替代品。

不幸的是，因為雲泰清的存在，導致張小明的魂魄沒有被祭祀而直接進入地府，他們又不甘心付出自己的性命，就拿旁支的血脈來湊數，結果祭祀失敗了，於是第三十六年繼續作祟，張樹海要麼死在詛咒之下，要麼就是自我犧牲，試圖解決這場災難。雲泰清覺得應該是前者。

最後他們發現，解鈴還需繫鈴人，當時逃脫死亡的是張小明，現在張小明就該回來解決他們的問題。

還真是很難反駁的強盜邏輯呢。

張正卿突然放開了雲泰清，上下看了他一圈，露出了疑惑的表情。

因為泰昊做了手腳，張正卿無論如何都只能看到張小明的臉，但身高方面，也許是泡多了藥浴，幾乎回復了雲泰清原本的身高。雲泰清和張小明的大概差了七、八公分，說大不大，說小也不小，這個漏洞，就算是泰昊，一時也沒法處理。

雲泰清清了清嗓子，稍微低頭含胸，讓身高看起來低上那麼一些。

「總之，我這人就是受老天爺厚愛，不管你們怎麼折騰，我是不會死的。如果不想再造成什麼不好的後果，建議你們把張正卿殺了，以絕後患。」

他的話一說完，院子裡還剩下的那些堂兄弟們都忍不住躁動了一下，但很快就停了。

因為張正卿說：「我還沒有子嗣。」

他作為長子長孫卻沒有子嗣。他若是此時死亡，今後就再也沒有長子長孫的血緣出生。不管他們用祭祀交換乞求什麼，都不可能再繼續下去。

雲泰清咧了咧嘴，正想再搬弄點是非，卻見一個黑衣人從外面飛奔而來，大喊道：「他們都死了！都死了！」

之前那個老道士一直坐在院子的偏僻角落裡，當聽到那個人說了什麼之後，突然站起身，「噗」地吐出一口鮮血。

張正卿有點愣住了，「誰？還有誰死了？」

那個黑衣人看了他一眼，「就是去二少房間裡的……所有人都死了。」

他們所有人的目光都同時投向了正如喪考妣的梁清秋，梁清秋轉過身來說：「我沒事啊，大概就站了一會……」

然後，大家就眼睜睜地看著梁清秋突然七竅流血，嘴裡也開始往外湧出血水。他捂著肚子，慢慢跪倒在地，慘叫道：「表哥——表哥——」

張正卿對梁清秋可比對張小明這個親弟弟好多了，立刻上前讓他趴在自己臂彎上，同時向老道士大喊道：「大師！快！快救命！」

那位吐血的老道士有氣無力地搖了搖手道：「沒事的，他身上有抗反噬的符咒，吐一會血就好了。」

看著這一切混亂，張三叔的表情更是難看，他早已維持不住那種溫和親切的笑意，只厭惡地看向雲泰清，深深地嘆了口氣，就像在嘆一個不懂事、不聽話的孩子。

「你說你，要是當初乖乖死了，不就什麼事都沒有了？」

雲泰清都要被逗笑了。

合著他們的命都是命，張小明的命就是垃圾，活該被犧牲？

若是不為他們犧牲，就是罪大惡極，應該被嚴正譴責？

雖然雲泰清也不是很在乎那個倒楣孩子，但如今眼看著張小明最親近的親人和親戚這麼說，還是不由得有些惱怒。

「我就是不去死……你能怎樣？」雲泰清嚴肅地問。

張三叔搖頭嘆息，「總有一天，你會求著去死……真是個傻孩子，什麼也不懂。你生下來不就是為家族犧牲？連這點事情都做不好，你說你還有何用處？」

「喔，那還真是讓你費心了呢……」要不是還有任務在身，雲泰清就要上前揍他了。

見過不要臉的，沒見過這麼不要臉的。明明是為了得到某些東西而冷血地犧牲他人，在這位張三叔的口中，卻成了被犧牲的人不夠大度。

雲泰清覺得，要是自己是張小明，肯定要把他們全部弄死！他憑什麼為這群一點也不尊重他的傢伙犧牲啊！還得自願是吧？還得感恩戴德是吧？

梁清秋吐了一會血，總算停了下了，整張臉白得發青，在張正卿黑衣的映襯下，慘得跟鬼一樣。

「張——小——明——！」他陰慘慘地鬼叫著。

都這個時候了，梁清秋還惡狠狠地盯著「張小明」，就好像他該為他們犧牲一樣。

雲泰清雙手插進口袋，露出一個十分欠扁的笑容，「我就是不死，你再怎麼叫也是沒用。」

梁清秋恨得咬牙切齒，看著張正卿道：「表哥！不是他死，就是我們死啊！」

張正卿冷笑道：「你放心，我才不管什麼禁忌不禁忌，也不管他究竟是因為什麼才能逃過一劫。今天，我必定要親眼看著他死！」

他手一招，一群黑衣人便向雲泰清猛撲上來。

雲泰清絲毫不懼，抬腳就將跑得最快的那個人一腳踹飛了出去。

第六章

Y U T O Y A W A

之前是沒有參照物，最近這小半年偶爾的參照物是黑鷲或者黑蛇，但雲泰清也分辨不出他們是讓著他還是已經盡了全力，所以對自己的力量也沒辦法估算。如今，他一動手才發現，僅是體術而言，他已經將普通人類遠遠地甩在後面了。

在他的眼中，他們的動作簡直慢得令人髮指。當他們緩緩舉起刀，他已經站在他們身後敲打著他們的腦袋；他們剛剛抬腳，他已經一腳踹上他們的後腰。

這場戰鬥根本是一面倒的碾壓。打到後面雲泰清都有點不好意思了，這完全就是大人欺負小學生啊！什麼叫陷入羊群的獅子，他現在終於親身體會到了。

掀翻了最後一位，他站在倒地不起的人群中間，對著張正卿冷笑：「你這些手下好弱啊？能不能派點有用的人來？」

這一下，整個院裡的人都呆住了。

張正卿的臉色也變得和梁清秋一般蒼白，他扶著梁清秋後退了幾步，讓身邊的手下將他擋住。張三叔也是面色丕變，掩面一同躲在了手下身後，一副生怕雲泰清會跳出來打他的樣子。

梁清秋失聲道：「你怎麼會——不，不對！你不是張小明！你是誰？誰派你來的？你們把張小明藏到哪裡去了？怪不得那些詛咒對你沒有用！你根本就不是張家的直系血脈！」

張正卿也沉沉地看著雲泰清，十分贊同梁清秋的說法。

雲泰清撓了撓脖子，笑道：「不好意思，我是張小明，如假包換，不信你們可以做DNA鑑定，我要不是張小明，我當場自裁！」

梁清秋指著他道：「那你敢讓我們抽血嗎！」

雲泰清毫不猶豫地點了點頭。

但是他又說道：「可是你們走不了的，外面也沒人能進來……」從剛才出了房間開始，他就注意到頭頂上的黑金大陣正在緩緩發生變化，這可不是什麼好兆頭。若大陣需要祭祀，那祭祀不成，就會遭到反噬。

就像他所住的那個房間，因為他沒死，所以在那裡稍作停留的人全部都死了，只有帶著防反噬咒的梁清秋身受重傷。

而這個大陣……不知是不是自己的錯覺，他覺得它似乎就是想要他——不是張小明，而是雲泰清。所以從現在開始，無論他們付出多少血親都沒有用，只會遭到一次又一次更加嚴厲的反噬，直到雲泰清死。

梁清秋一聽，驚聲大喊：「你果然不是真正的張小明！看看！露出狐狸尾巴了吧！」

這人吵吵鬧鬧又廢話一堆，真討厭。雲泰清皺眉道：「別總是嘰嘰喳喳，你難道不覺得冷嗎？」

在他們周圍，不知何時出現了無數影影綽綽的虛影，形狀詭異，各不相同，有點像人，又不太像人。那些東西一出現就紛紛鑽進了躺在地上的屍體裡，但除了雲泰清，似乎沒有人發現異常。

雲泰清說：「我建議你們各自找個房間躲起來等事情過去，這麼多人擠在一起，肯定出事。」

看張正卿的表情就知道，他覺得雲泰清完全是在胡說八道。張正卿果然半點也沒信他，只和張三叔對視一下，就揮手讓人來捆住他，要把他送回原本那個布滿詛咒的房間。

張三叔躲在人後冷然道：「我不管你昨晚是湊巧還什麼是別的原因，總之，今天你就乖乖把性命留在這裡吧！享受了這麼多年家族的好處，也是你付出的時候了！」

這回撲上來的黑衣人比剛才還多。就在這群人又再次大喝一聲，向他撲來的同時，他聽到了一聲淒厲的慘叫。他兩腳踹開人群，從縫隙中看去。

剛才已經死透的那幾位堂兄弟不知何時站了起來，抓住身邊的人咬了上去。第一個被害者正被按在地上，鮮血噴得到處都是。

這群黑衣人還沒明白發生了什麼事，依然前仆後繼地向雲泰清衝去。雲泰清左衝右突躲了半天，不由得有點啼笑皆非，一邊躲一邊叫道：「你們沒事吧？不回頭看看發生了什麼事情嗎？出大事了啊喂！」

那群屍體的攻擊力強大，不用多久就已經撲翻了一群人。被撲倒的人在地上鮮血狂噴，抽搐一會，就停止了動作，不過幾息的時間就又跳起來，抓住距離自己最近的受害者繼續咬了上去。

這完全從靈異神話變成了末日喪屍啊！

雲泰清沮喪地看著眼前的一切，又抬頭看看頭頂的大陣，掩住了自己悲慘的嘆息。

這個大陣……是吸收生氣的東西。所有在這裡死去的生命，都會化作協助殲滅陣中生命的助力。

張正卿和梁清秋剛開始還沒注意到身邊的情況，等發現異常時，身邊的好幾位黑衣人都已經開始噴血了。

張正卿帶著梁清秋立刻往後退。梁清秋失血過多，被拖得一個踉蹌。

雲泰清以為張正卿會把梁清秋推給那些喪屍，然後自己逃跑。誰知道他對這個血緣略遠的表弟是真好，直接把人扛了起來，在身邊的黑衣保鏢一個接一個衝上去擋住攻擊的時候，迅速退往靈堂之中。

攻擊雲泰清的黑衣人也終於發現問題，逐漸停下了手上的攻擊，一個個愣怔在原地，不知如何是好。

雲泰清叫道：「你們傻了嗎?進靈堂啊！」

在他喊出這句話之前，那個一直不知道在忙活什麼的老道士已經迅雷不及掩耳地衝進靈堂。進去的同時，老道士愣了一下，因為張三叔不知道什麼時候早已鑽了進來，正躲在角落裡發抖。

雲泰清說了進靈堂，大家的速度快得驚人，五秒之後便衝了進去，二十秒後關門落栓。

外面當然還遺留著一些反應不及或者距離比較遠的人，但他們只是在靈堂中靜靜地站著，聽外面不斷傳來的敲門聲與撕心裂肺的慘叫聲。

張正卿一把抓住那個老道士，聲音急切而暴怒：「怎麼會發生這種事！怎麼會發生這種事！祭神進行了幾百年，從來沒有出過問題！這次已經死了那麼多血親，為什麼還會發生這種事！」

老道士已經沒有了智珠在握的淡定，他面色青白，汗出如漿，渾身抖得像篩糠一樣。「這個……這個我也不知道啊！師父沒有說過！我也是按照師父和師祖的方法去做，不應該有錯才對啊！除了——」

「除了？」

所有人同時扭頭看向雲泰清。

「除了……第二個孩子沒死……」

為了保證長子長孫的血脈延續，並盡量減少犧牲，大多數被犧牲的就是第二個孩子。

三十六年前，首先死的就是張小明的二叔。

再往前的三十五年，以及再再往前的三十五年，每一次先被犧牲的，都是長子的第二個孩子。

所以張小明從出生起就是犧牲品。所以他的父親連名字都不願意為他好好取。所以不管他怎麼折騰，都注定不會在父親和兄長的心中留下半點漣漪。

畢竟他一定會死。

真可惜，「張小明」並沒有死，現在死的，都是曾經等著他死的人。

雲泰清靠在牆上，吊兒郎當地晃著腿，「怎麼？想現在殺了我？有本事就來啊。」

雲泰清的目光一個個掃過那些義憤填膺的人，所有人都挪開了眼，不敢看他。

只有梁清秋，儘管一副歪歪倒倒快死的樣子，卻衝著雲泰清嘶聲喊叫：「你以為你贏了？你自己看看！這事情因為你才變成了現在的地步！你要還有一點人性，就應該立刻自殺！要是你死了，還能救下這裡剩下的人，還能得到他們的一點尊敬！你要是不死，這裡所有人都得給你陪葬！你連這點事都算不清楚嗎？你這人怎麼這麼自私啊！」

「不好意思，我就是這麼自私。」雲泰清似笑非笑地看向張三叔，「喂，老傢伙，說你呢，別往旁邊看！」

張三叔也想做出義憤填膺的樣子，但他明顯知道什麼，從看到那些類似於喪屍的東西時雲泰清就注意到了，這個三叔明顯太恐懼了，恐懼得有點過分，以至於什麼多餘的情緒都假裝不來。

雲泰清直直地指著張三叔，他也只得直起有些臃腫的身軀，做出長輩的姿態來。

「這個祭神活動，已經持續了多少年？」

張三叔看起來不太想理雲泰清，但又無可奈何，看看周圍，幫他說話的人都沒有，連梁清秋都有點好奇地看著他，似乎對他的答案很好奇。

「……有六百三十一年。」

六百三十一年……這個數字讓雲泰清的心突然動了一下，似乎有什麼很熟悉的東西呼之欲出。但這種感覺消失得很快，再回頭細想時，已經完全想不起來了，他只得將它先行拋在一邊。

「這六百三十一年裡，難道沒有人告訴過你們，所謂的犧牲，所謂的祭祀，究竟付出的是什麼東西？」

張三叔一愣。

張正卿皺眉道：「你不要轉移話題，不要以為說些沒用的東西就能救你的命。不過是一死，如果到了該我奉獻的時候，只要我有了子嗣，我也……」

雲泰清打斷他：「太天真了！」他指著張正卿，指著那些堂兄弟，指著張三叔，問張正卿：「這麼大的祭祀活動，我們腦袋頂著好幾公里的大陣，難道只是付出生命就行了？除了生命之外，你們就沒想過，很有可能要付出其他的東西，那些你們從來沒有意識到的東西？」

「我不知道你在說什麼！」張正卿不耐煩地說，「難道還有比死更可怕的事情？比外面這些死而復生的玩意更可怕的東西？」

紅漆的木門被外面的東西砸得震天價響，門上的木栓不斷顫抖，好像馬上就會跳下來逃走一樣。

雲泰清轉而問向老道士：「你知道嗎？」

張正卿也皺眉看著老道士。老道士抹了一把頭上的汗，躲閃著他的目光。

「這個……師父也沒說過……但是……其實我……我也只是一種感覺……我也不太清楚……」

憑老道士之前作法的樣子，看得出來還是有點道行的。這種事情靠雲泰清說並沒有用，他們恐怕會以為他挑弄是非，所以必須由老道士來解釋。

「究竟是怎麼回事！」張正卿提高了聲音問道。

老道士哼哼唧唧，誰也聽不清楚他到底在說什麼。

「所有為了祭祀死去的人，魂魄都沒了吧。」雲泰清看他半天說不清不楚，直接挑明了說：「人死後，一定會有魂魄，之後或入地府，或滯留為惡，或飄飄蕩蕩不知所蹤。但是你們這些被祭祀的血親，魂魄全都消失無蹤。」

張正卿露出了震驚的表情。

雲泰清以為他會對魂魄失蹤的事情發表一下感嘆，誰知他一開口就是：「人真的有魂魄?!」

雲泰清無語地翻了個白眼，「你沒發現自己腦袋上頂著個會吞噬魂魄的咒術?每隔三十五年，就會有幾個魂魄不知所蹤。我就不明白了，你們祭祀的到底是哪路神仙，以至於需要讓自己的親人魂飛魄散永不超生？你們是想要長生不老還是要什麼？」

「我們不需要長生不老。」張正卿說。

雲泰清當然知道他們不需要。

「那你們究竟求的是什麼？」雲泰清好奇地問。

張正卿沉沉地看了他一眼，雲泰清覺得他大概恨不得用眼神殺死自己。

「如果我告訴你，你就能乖乖去死嗎？」張正卿問。

「那當然——」雲泰清拖長了聲音，「不可能。」他斬釘截鐵地回答。

張正卿喘了兩口粗氣。

雲泰清說：「反正你愛說不說，等外面的玩意進來，你猜猜看我們倆誰能活得比較久？」

張正卿都快要氣傻了，但他經過了幾秒鐘的考慮，覺得雲泰清說的話也還算有道理，就有點猶豫，張了張嘴……

雲泰清鬱悶地嘆了口氣，脫下一隻鞋，抬手向他砸了過去。

張正卿大驚，把梁清秋往旁邊一推，自己也往旁邊一躲，才堪堪躲開了他的「暗器」。

雲泰清的鞋子卻不是衝著他們，而是狠狠地砸在他們身後出現的那個「人」臉上，將那人的腦袋都砸出了一個凹坑。但即便這麼大的力氣，也沒能阻住那東西的步伐，它直接拐了個彎，繼續向張正卿撲了過去。

張正卿身邊的其他黑衣人甚至都沒反應過來，幸虧老道士就在離他三步左右的距離，一手捏訣，口中念念有詞，迅速揮出手上的拂塵。

別看他手中的拂塵好像很柔軟的樣子，打出去的時候卻如同鋼鞭一般，發出巨大而響亮的「啪」一聲，狠狠將那東西掀翻在地。

但那東西竟絲毫不懼，在地上靈活地打了個滾，又跳起來，堅定地向張正卿撲過去。

張正卿也是走運，在扔出鞋的同時，雲泰清拔腿就向他飛奔而來。當它再一次跳起來的時候，雲泰清已經奔到了它的面前，單腳起跳，飛身躍起，用腳上僅剩的那隻鞋踩在它的腦袋上，順著它的衝力飛了好幾公尺遠，最後一腳踏在地上，將那個被砸扁的腦殼踩得腦漿迸裂。

「爸爸！」張正卿悲傷地叫著。

雲泰清嫌惡地單腳跳起來，用力甩甩腿，希望能把那些噁心東西甩掉，但好像沒有什麼用。

張正卿整個人都猙獰了，一把抓住雲泰清就要將他提起來，彷彿恨不得用那雙手將他也同樣捏成肉醬。

「你就這麼恨爸爸嗎！就算他死了，你也不肯放過他是嗎！你還是不是人啊！你到底有沒有心啊！你豬狗不如你知道嗎！」吼著吼著，張正卿雙目含淚，似乎受到了巨大的委屈。

可雲泰清沒心情關注他的委屈。

張正卿拽了他半天，他紋絲不動，冷冷地看著對方。

「第一，剛才你的好表弟說了，我不是你弟弟。我現在告訴你，我確實不是你弟弟。所以那老頭不是我父親，我對他沒什麼感情，不恨他，也不關心他。我閒著沒事攻擊他，是因為必須救你。

「第二，用你的豬腦子想一想，如果我不打爆他的頭，你覺得你還有機會在這裡跟我大小聲？你說我能怎麼辦？跪地拜求他自己躺回去嗎？

「第三，我是不太明白他為什麼非要盯著你一個人攻擊，你知道嗎？」

剛才，那些黑衣人呈半扇形圍繞著張正卿，卻忘記了這個靈堂裡還有一個最大的危險，那個把所有人聚集於此的人——張樹海。

既然外面的死人能復活，沒道理裡面的死人就沒動靜。雲泰清知道他一定會爬起來，只是時間早晚而已。

問題是他爬起來的時機不太好。雲泰清辛辛苦苦勸說半天，等啊等啊，眼看張正卿就要開口了，誰知那個屍體慢悠悠地挪開了棺材板，慢悠悠地爬出來，然後以迅雷不及掩耳的速度穿透了包圍圈。

雲泰清鬱悶死了。就差臨門一腳，竟然給他搞這種事。

張正卿也明白，雲泰清的做法無可厚非，但感情上卻無法接受，惱怒和悲傷讓他如困獸一般在原地轉圈，最後無可奈何地蹲面目全非的屍體身邊，痛哭失聲。

雲泰清看他撫屍大哭，彷彿肝腸寸斷，一點也沒有家族精英的樣子，不禁有點無奈。你說這個人吧，為了祭祀，連親弟弟也能眼都不眨地犧牲，好像很無情的樣子。但對父親和梁清秋的態度上，卻是心軟得有點過分。可見他並不是沒有感情，只是這種感情不曾投放在張小明身上。

畢竟，張小明不過是個注定要死的人罷了。

雲泰清可以理解他的做法，也能理解他的心情。只是，張小明那麼愚蠢的人，在被拖回地府之前還殷殷切切地叮囑自己，幫幫他的哥哥。想到這些，雲泰清就對張正卿的無情耿耿於懷起來，剛剛升起的一點同情也被壓了下去。

「好了。」雲泰清不耐煩地說，「一個大男人為了一具沒魂沒魄的屍體哭個沒完，你覺得這老頭要是看見你這樣，會不會氣得活過來？」

張正卿的哭聲停了一下，背對著他，彷彿剛才哭泣的不是他一般，用冷靜的聲音問：「你剛才說我父親的魂魄消失了，是騙我的對不對？」

雲泰清噎了一下。

「這個嘛……」他悻悻地說，「你父親的魂魄的確沒有了。跟以往那些每隔三十五年就消失的祭品一樣。」

張正卿輕輕地放下那具無頭屍體，聲音沉沉地說：「他的性命沒有了，魂魄沒有了，現在，連一具完整的屍體也沒保住……」

而張三叔不愧是長輩，他絲毫沒有陷入悲傷，只是厭惡地看了雲泰清一眼，便走過去，在張正卿身邊低語了一會。

張正卿點了點頭，讓身邊的人將屍體放回棺材裡。當他轉過身來的時候，除了眼睛裡布滿通紅的血絲之外，絲毫看不出剛才哭得肝腸寸斷的模樣。

「小明，我知道你恨我們，但是今天，我們最好還是同舟共濟，事情發展到這個地步——」

雲泰清：「等一下！我剛才的話你都沒聽見是吧？我說了我不是你弟弟……」

張正卿皺眉道：「你這孩子怎麼這麼不懂事呢？這種時候還要鬧！」

雲泰清被噎得說不出話來。

雲泰清實在懶得再跟他們糾纏，就說：「其他事情不提，你現在告訴我，你們弄這個大陣究竟是為了什麼？」

「當然是為了錢和權。」張正卿理所當然地說。

其他的遠近親堂兄弟們也都非常贊同地點頭。

「為了家族的榮華，這也是沒辦法的事情。」大家紛紛說。

雲泰清：「……」看來是一直追尋真相的他落伍了。

「但我們也不知道，原來祭祀會收走我們家人的魂魄，還以為只是死去就能解決問題。」張正卿轉頭望向一直努力泯然於眾人的老道士，「你現在，想清楚了再告訴我，是不是小明死了，事情就能解決？」

老道士抹了抹頭上的冷汗，可以聽得出他的聲音已經努力按捺，卻仍是藏不住那一絲顫抖：「這個……我想……應該……」

張正卿又問：「如果是我自己死呢？如果我和小明一起死呢？」

所有堂兄弟，包括那位三叔的臉色都變了。

梁清秋一把拽住他的手腕，「表哥你可要想清楚！你還沒有子嗣！你們兩個一死，長子血脈就斷了！」

張三叔也道：「你可不能這麼想不開啊！這事只要把小明送出去就行了！我們都會安全的！」

他說得太篤定了，雲泰清不由得看了他好幾眼。他卻冷淡地看著他，只露出一個彷彿在看死人的表情。

雲泰清忍不住笑起來。這個三叔，很有意思啊。

張正卿說：「我想得很清楚了，以前就為了這件事做好了準備。我的精子在我們旗下的生物公司儲存著，以防萬一。遺囑就在律師那裡保存著，三叔，你就是我的執行人。等成功培育出新的長子，以後就要拜託你了。」

張三叔拂袖怒道：「胡說八道！」

他的音調有些高，雲泰清覺得，他應該是有些高興的。

梁清秋卻哭了，「表哥你胡說八道什麼呀！事情哪裡就到那一步了！你可想清楚！小明都說了，死掉的人連魂魄都沒有，以後……」

張正卿「嗯」了一聲，說：「我知道。反正今天之前，我都以為人沒有魂魄，死了也就沒了，和魂魄消失又有什麼區別。更何況，今天我們不死，你們誰也出不去，我們張家就要沒了，還有什麼以後。」

雲泰清趕緊插嘴：「不要算上我啊！我可沒想死在這裡！」

不過他對張正卿還是有所改觀。這個人，在必要的時候足夠冷靜，有勇氣為了一個確定的目標捨棄一切應當捨棄的東西。這是一個家族掌舵人必備的技能，他只是做得太好而已。

張正卿又問老道士：「你還沒回答我的問題。」

老道士訕笑：「也許只需要你弟弟一個人就夠……」

張正卿說：「去年的時候，你也說，只要犧牲我那幾個叔叔和堂兄弟就夠。」

老道士無言以對。

「說到這裡，我很好奇，你為什麼沒死？」張正卿再一次問雲泰清。卻不是之前那種質問憤怒的語氣，而是純粹的好奇。

雲泰清呵呵一笑，做了個不屑回答的高傲姿態。他本來就是個死人，那些咒術對他怎麼可能有用？

「大概是人品好吧。」他說。

討論了半天，也沒個結果。因為不能確定他們兩兄弟死去後能保證其他人都能活著出去，所以自殺這個選項被張正卿拋到了一邊。

外面喪屍圍城還在繼續，裡面的人類內鬨也沒個結果，雲泰清靠在牆上認真地想著出路，突地一抬頭，看見張三叔正在打電話。

在這神異故事的情節發展中，他正在打電話？

雲泰清也趕緊拿出自己的手機，撥了泰昊的號碼。

奇怪的是，雲泰清撥了幾次，對方一直是「正在通話中」。

雲泰清不開心！這位神仙，是和誰聊得火熱呢？

他多撥了幾次，結果卻收到了自動回覆的簡訊：「對不起，我正在開會。」

我都要死在這裡了！你開個屁的會啊！

雲泰清再打電話給黑鷲和黑蛇，同樣都是正在開會的自動回覆。

他無可奈何地又撥了白麗和黑城的電話，結果——「對不起，您撥打的電話不在服務區。」

這群人，不會是嫉妒泰昊對他好，想趁此機會要他性命吧……

雲泰清鬱悶地收回手機，望向張正卿。巧合的是，張三叔也剛剛打完了電話，和張正卿對視了一眼，在掛掉電話的同時，他們兩人臉上的凝重表情變得如釋重負。

雲泰清問：「你有辦法了？」

張三叔用奇怪的表情看了他一眼，然後點了點頭，「公司長期僱傭的專業人士馬上就到了。他們在降妖除魔的部分非常專業，一定能解決外面的問題。」

雲泰清心說：門上的木栓馬上就要掉了，也不知道能不能撐到專業人士趕到？

就在他正為所有人婉惜的時候，大門上的木栓在那些形似喪屍的怪物拚命撞擊之下，喀嚓一聲，斷了。

喪屍怪物如同一片黑壓壓的蝗蟲，順著被撞開的門湧了進來。

之前一直拚命堵門的幾個男子發出驚叫，瞬間就被怪物抓住，一口咬在脖子上。

保鏢們舉起了手中的電擊棒，張家人也紛紛拿起早已握在手中的武器，拚命向著那些曾經是他們親人的怪物身上攻擊過去。

而雲泰清……他什麼也沒有。

剛才他至少還有鞋，現在他什麼也沒有。可是正在撲向他的怪物，在眨眼間，和他只剩下不到一公尺的距離。

雲泰清已經能聞到他嘴裡散發出的腐臭味道，甚至看到他骯髒的唾液從沾滿碎肉的口腔中飛濺出來的軌跡。

實在太噁心了！

雲泰清本能地右手一揮，只見雪亮的刃光一閃，那怪物的身體就在他的手中就如豆腐一般，綿軟而腐敗，瞬間被分割成了幾塊，散落在地上。

他吃驚地望向自己的右手，那隻手不知何時握住了一把通體雪白的長劍。

但那也就是一眨眼的工夫，緊接著有更多的怪物向他撲了過來。

在這大半年裡，黑鷲主要是逼他學習各種武器。

知道的明白他是在受地府工作人員欺負，不知道的還以為他在接受特種兵訓練呢。

但在這個時候，在那些怪物上下左右毫無死角向雲泰清撲來的時候，雲泰清的內心充滿了對那幾個黑姓工作人員的感激。他對於任何武器的使用都非常熟悉，在任何人都救不了他的時候，讓他能輕輕鬆鬆地拯救自己。

在這種危急時刻，雲泰清也沒時間思考這把詭異的長劍從何而來，就已經將之揮舞成一片雪光，人劍化為一體，如絞肉機一般衝向蝗蟲一般的怪物。

耳邊只聽到皮肉分離的聲音，眼前只見到血肉橫飛的景象，手中利刃所到之處，除了不甘的號叫就是一片狼藉。

他出奇地專注，也並不覺得噁心。但是同時，他並沒有沉浸於這種殺戮，意識也無比地清醒，能夠異常準確地避開和怪物糾纏在一起的人類。

就彷彿這種事情已經習以為常。

他的一切反射動作，都已經保存在肌肉記憶之中。

果然，除了陣法和符咒之外，學點體術確實是非常必要的！

轉眼間，雲泰清的腳邊已經堆滿了屍塊。那些變成肉塊的怪物已經沒有攻擊能力，卻在不知名黑影的控制下顫顫巍巍地挪動，恨不得用破碎的血肉咬他一口。

幾乎是眨眼間，雲泰清已經殺盡闖入堂屋的怪物，刷刷挽了兩個劍花，收劍侍立，冷靜地觀察被他清理乾淨的堂屋。

……嗯，也可以說，是被他弄得更加不堪入目的堂屋。

層層疊疊的骨肉，幾乎將他的腳踝淹沒，腥氣黏稠的血液，鋪撒在他周身之外的每一個角落。

這堂屋中所有的活人，都已經遠遠地離開了他的身邊，每一個人都用驚恐的目光看著他，彷彿他是一個殺人狂，下一刻就會將他們一起絞成肉醬。

也是剛才他殺得實在太投入，那些血肉橫飛的聲音和喪屍的號叫太過惹人心煩，直到這個時候終於安靜下來，他才聽到從外面傳進來的聲音。

人類的呼喝聲，喪屍的嗥叫聲，肉體被砍殺的血肉分離之聲。

雲泰清走到門口，原本站在門口的兩個張家堂兄弟齊齊向後退了兩步，被那高高的門檻絆了一下，狼狽地向門外摔倒，又從臺階上滾了下去。

他沒看向他們，直接站在門口向外看去。

門外，一個身穿金色袈裟的白鬍子老和尚揮舞著月牙鏟在怪物中橫衝直撞，喪屍的爪子每每挨近他的身體，都被袈裟上的金光迸開；一個豐胸細腰，穿著黑色緊身皮衣的年輕女子揮舞著長鞭，在屍群中狂舞；還有一個中年道士，一手照妖鏡，一手金錢劍，別看他手中的武器似乎殺傷力不大，但只要沾染在那些怪物身上，就能將怪物逼退；最後，還有一個存在感最強的壯漢，像座小山一般的巨大身材，足有那些怪物的兩倍，他不僅身材高大，更是肌肉虯結，一拳下去，就能廢掉一個怪物。

這四個人合作密切，進退得益，硬是沒有讓剩下的怪物第一時間衝入堂屋，並且一個一個迅速地將其消滅。

雲泰清沒有說什麼，只是站在那裡看他們大顯神威。他現在也不必再裝作張小明的樣子，張家親戚也無人膽敢上前與雲泰清套近，他只能孤獨地等待接下來的劇情發展。

他舉起了手中那把白色的長劍。剛才他沒時間仔細看，更沒心思思考它究竟從何而來，現在終於有時間看一眼它的模樣了。

劍身一寸，劍長四尺，通體雪白，輕輕一揮，便有凌厲之氣撲面而來。

不過……劍柄卻有點怪異。

按照一般的寶劍而言，除了劍刃，都會有劍首、劍把和劍格。劍首做平衡和裝飾之用，劍把為手握之用，劍格則格擋在手和劍刃之間，做保護之用。

可是這把劍，卻沒有劍首和劍格，只有一個稍稍彎曲的劍柄，下寬而上窄，觸手溫潤，玉質極好。但這個形狀，與其說是劍柄，不如說……

他眼睛睜大。

如果他沒猜錯的話，這個劍柄正是被泰昊放入玉扳指中，至今仍不知有什麼用的玉笏！

它是怎麼從扳指裡出來的？又是怎麼變成劍的？

他看著手裡的劍，手就像有自己的意志一般，按了一下那個玉笏狀的劍柄。長劍倏然消失，只剩下一個光禿禿的玉笏。

他看了看它，又將它按在扳指上。

果然，玉笏再次消失。

雲泰清點點頭，的確是好東西呢……

第七章

YUTOYAWA

那幾個高人終於打倒了最後一個怪物。

老和尚高頌了一聲佛號：「阿彌陀佛，諸位施主，外面已經安全，你們可以出來了。」

就像恐怖片裡的救世主一樣。

雲泰清趕緊啪啪啪啪鼓掌。

張三叔從後面慢慢走出來，用一臉「……」的表情看著他。

「看什麼？我可是給幾位大師加強氣氛的！」

張三叔說：「……這幾位是玄術界有名的大師，就算在國際上也是數一數二的。」

「所以我這不是正在捧場嗎？」雲泰清理直氣壯地說。

張三叔：「……」

那幾個高人看了他一眼，將那句救世主一樣的話又說了一遍。

雲泰清還沒反應過來，就被身後傳來的力道推到一邊。張家人和保鏢痛哭流涕地從堂屋中衝了出來，彷彿見到了親人，幾乎全都匍匐在高人腳下，大聲感激著諸位大師的救命之恩。

雲泰清：「……」

只有張正卿，從他身邊走過的時候，輕輕地說了聲：「多謝。」

感激，卻是公事公辦的態度。並不像對待他的弟弟，更像對待一個普通的陌生人。

也許之前的事情，他可以自欺欺人。但在雲泰清拿出那柄劍，開始大殺四方的時候，這麼聰明的張家族長就很清楚了。

雲泰清長得是張小明的樣子，卻不是他弟弟。

但雲泰清究竟是誰，他現在並不想追究。

張正卿和張三叔同那幾位大師寒暄了一會，倖存的張家人們也七嘴八舌向他們傾訴著剛才所受的驚嚇與委屈。

老和尚和道士一邊聽，嘴上十分溫和地安慰，眼睛卻在四處梭巡。

那位緊身皮衣的美女眼睛卻定定地望著雲泰清，眼中沒有痴迷，只有隱隱的輕蔑。

至於那個壯漢……那個壯漢沒有聽任何人說廢話，直接走到院子角落裡坐下，轉眼間就失去了存在感。

老和尚不斷地安慰大家：「已經沒事了」。

沒事個屁啊！

雲泰清抬頭看看天上那一千三百六十六個小型黑金咒術所組成的大陣，咒術大陣已經越壓越低，黑色的死氣和怨氣在他眼中濃煙滾滾。

雲泰清直接走到老和尚面前。

老和尚一見他，就慈眉善目地雙手合十，「張二先生。」

雲泰清：「……」

但現在沒時間反駁那個莫名的稱呼，他直接問道：「你們怎麼這麼快就進來了？」

老和尚有點茫然。

那黑衣女子卻惱怒了，尖聲道：「張二先生這話是什麼意思？怎麼？怨我們來得太快，沒多死幾個人？」

那中年道士也冷哼一聲：「只怕是覺得可惜，張大先生還沒死，就被我們救了吧。」

張正卿道：「你們誤會了……」

老和尚一臉的悲天憫人，淡然道：「張族長真是慈悲為懷，就算弟弟成了這個樣子，也要為他辯護。可惜可惜，張二先生，您有所不知，若是張族長就這麼死了，您的榮華富貴也將化為飛灰……」

他正想說話，中年道士卻不由分說大步走來，伸手就要將他推開，口中道：「走走走！不要干擾我們議事！否則真出了什麼事，你擔當不起！」

從十幾歲離開泰昊，到與他重遇之前，雲泰清一直是個努力奮鬥的小人物，所以需要的時候很能爭，在更需要的時候也很能忍。

可是在重遇泰昊之後，雲泰清彷彿突然退回了十幾歲的時候。也許是因為「我身後有人」的依仗，也許是不管做了什麼都有人幫他解決善後的自信，那點忍耐便被他直接被拋到了腦後。

但如果是泰昊，他還是要怕一下的。

可是這個臭道士是什麼東西！

在中年道士的手即將碰到雲泰清的一瞬間，雲泰清一腳踢到了他的腰上。中年道士頓時被踢飛出去，最後滾落在地上。

雲泰清盯著老和尚，「我再問你一遍，你們怎麼會進來得這麼快？你們怎麼進來的？」

那中年道士在地上滾完就呼地跳了起來，頭上的五嶽冠歪到了一邊，身上的道袍也扯出了一條長長的口子，他直接將金錢劍在照妖鏡上一拍，開始念念有詞，那照妖鏡也閃出了灼灼的白色亮光。

張家人一看，紛紛發出驚呼，四處逃竄。

「快躲開！大師要做法收魂了！」

那照妖鏡的確不是凡物，除了讓妖怪現形、鎮壓鬼物之外，還能吸取人的魂魄。

老和尚一見此狀，頓時雙目圓睜，斥道：「玄青子！你太過火了！」

但他卻沒有做出阻攔的動作，反而不著痕跡地退了半步。

玄青子自然不聽他的，自顧獰笑道：「今天不給這小子一點教訓，他就不知道好歹！太上老君急急如律令！給我收！」

照妖鏡光芒大盛，將雲泰清整個人都籠罩其中。

雲泰清耳朵嗡鳴，只能聽到張正卿大聲喝止：「玄青子！快住手！他不是……」

耳鳴聲越來越大，越來越大……最後砰的一聲，和那股白光一起，突地消失。

張正卿的聲音跟著停住，用十分複雜的目光看著他。

老和尚和黑衣女子也震驚地看著他。

而那個玄青子道士，還在努力拍打著照妖鏡，喃喃道：「怎麼回事？壞了？不可能啊……太上老君……」

雲泰清幾步飛身而上，再次踹在玄青子腰上，又狠狠踩著他的肋骨，玄青子發出一聲慘叫，疼得尾音都變了。

「現在情況危急，我不太想要你的命。」他說，「如果你還是想找死，我不介意奉陪。」

黑衣女子的表情又變得十分輕蔑，絲毫沒有上來幫忙的意思，她似乎壓根看不起他，更看不起他腳下那個廢物。

老和尚倒是慈悲為懷，道：「還請張二先生鬆腳，饒我這道友一命。」

雲泰清鬆了腳，冷冷道：「別再叫我張二先生，我是雲泰清，叫我雲先生。你們究竟怎麼進來的，我建議你馬上說清楚！」

就算雲泰清鬆了腳，玄青子也沒乖乖的，只用陰狠的目光看著他，在他瞟向自己的時候，又裝作什麼也不知道的樣子，轉頭呻吟。

老和尚見雲泰清退開，便道：「原來是雲先生。」然後他看了一眼張正卿。

張正卿看著倒在地上的玄青子，不知道在想些什麼。

「是這樣的，今天早上開始，張家的諸位家眷就再也聯繫不到各位了。尤其是張老夫人，十分著急，就請我們過來看看。但我們被結界擋住了。這結界相當厲害，集我們四人的力量居然也絲毫無用，我們無門可進，連電話也打不通……」

張正卿詫道：「你們剛才不是還打電話給我嗎？」

老和尚點了點頭，帶了些傲然的仙風道骨說：「不錯，那自然是因為結界打開了。」

「結界打開了？」雲泰清插嘴，「你們是用什麼辦法打開結界？你們是怎麼知道這個辦法的？」

這種精密的大陣，也就在泰昊面前不堪一擊。這幾個壽命不過幾十歲的普通人，哪裡有那麼大的本事，用這麼快的速度及時趕到？

黑衣女子冷笑：「不要因為你自己是廢物，就覺得別人都是廢物！張家的結界我們也有參與布置，當然知道它究竟要的是什麼。」

它要的東西……

它要的東西，是帶有張家的血脈的靈魂。

但為了祭祀張樹海，張家男性血脈幾乎都在這裡了。

張正卿立刻反應了過來，「不對，為了參加父親的葬禮，張家三代以內的所有男性血親都在這裡了。」

雲泰清倒吸了一口冷氣，問：「你們用的是誰的血脈？」

黑衣女子只覺得他大驚小怪，抱臂哼道：「男性血脈都被關在這裡，不是還有女性血脈嗎？雖然不太濃厚，不過讓我們進來還是可以的。」她一看周圍的張家男人們都露出了驚恐而憤怒的表情，頓時輕鬆地笑了一聲，「不要驚慌，只是用了女性血親的一點血，人都在家裡好好待著呢，沒事。」

所有人都鬆了一口氣。

除了雲泰清。

因為他想起了一件事。

很久很久之前，他失去了第一個姐姐。不是死去。如果只是死去，他們可以再次轉世投胎。但她並沒有。就因為她在一個救他性命的大陣中點入了一滴血，之後那大陣便將她吃了。

是真真正正，連皮帶骨，連肉身帶靈魂，全部絞得粉碎，一點碎屑也沒有剩下。

之後那件事是如何解決的他並不記得，只是從那之後，他所有的兄弟姐妹就開始一個一個消失。他們每一個消失的時候，都會告訴他「沒關係」「那不是你的錯」「我們終將在一起」「永不分離」……

雲泰清知道，因為第一個姐姐消失的緣故，他們已經不是一個穩定的集體，所以那個潛伏在黑暗中的怪物才能夠一口一口將他們帶離他的身邊。

就在剛才，他終於想起了這件事，也想起了他究竟是在哪裡見過這個大陣。

當時那位姐姐救他所用的大陣，和這個黑金大陣一模一樣，別無二致。

不管他轉世多少次，他對陣符和符咒的強大能力是不會改變的。這是鐫刻在靈魂中的本能，只要擁有攜帶著他靈魂之力的血液，他就能畫出威力強大的陣符。

他記起了第一個消失的姐姐說過的話。

那時她握著他的手，說：「如果說我們兄弟姐妹中，誰能走到最後，那就必定是你了。泰昊……經過了這次的事，你也明白了吧？以後你絕對不能相信他！絕對不能！但是在你有能力〇〇他之前，不要激怒他。就算……就算我們全都沒了，也沒有關係，我們是心甘情願的。只要你還活著，記住，只要你還活著……」

那個〇〇他不知道是什麼，在記憶中被消了音，彷彿有什麼東西不希望他想起。

第一次看著與他心意相通的親人消失，那種撕心裂肺、幾乎要將人劈成幾段的痛，就算過了許許多多的年歲，依然痛徹心扉。

雲泰清的手指抖了抖，深呼吸了幾次，才用平靜的聲音說：「打電話給那幾個貢獻了血液的直系親屬。」

張家的男人們並沒有乖乖地立刻照做，反而眼巴巴地看著那老和尚，彷彿在等待他的下一個命令。

老和尚皺眉道：「雲先生不必如此擔憂，我們只是取了一點點血，不會對她們造成什麼妨礙。」

雲泰清怒喝道：「打電話！立刻！現在！」

在其他人磨磨蹭蹭、猶猶豫豫，不想得罪他和這四位大師，又不知道該怎麼辦的時候，張正卿當機立斷地拿出了手機撥打電話。

雲泰清離得近，能聽到他手機裡老年女性說話的聲音。他問了幾句，電話裡的人聲音並不驚慌，卻也說不上平靜，而張正卿的聲音卻越來越高。

「媽，妳說什麼？姐姐怎麼會不見的？」

「馬上去找！」

「……不可能！周邊看守的人都是死的嗎！」

「其他人呢？」

「都不見了？」

「京溪街這邊內部的監視器今天早上就不管用了，現在馬上查看周邊的監視錄影！媽！讓他們立刻去做！馬上！」

聽到張正卿與母親的電話內容，其他的張家男人就像突然活了過來，馬上開始撥出電話。

不出所料，那些女性的張家血親，全部消失了。

接下來等待的時間顯得極其漫長，所有男人們都焦灼地等待著查看監視錄影的結果。

老和尚的表情劃過一絲不安，又迅速恢復高深莫測。黑衣女子篤定而輕蔑的表情也有了一絲裂痕，眉頭微微皺起，雪白的牙齒輕輕咬噬著紅唇。玄青子還在地上呻吟，看不出表情。

雲泰清看向壯漢。那壯漢的眼神瞟向他，又不動聲色地挪開。

二十分鐘後，外面的人來了電話。

根據監視錄影顯示，那些張家女人在被取了血之後，有相當長的一段時間都在自然地活動，看不出什麼異常。但大概在破陣前後，她們的行動有了短暫的凝滯，隨後她們便開始坐立不安，紛紛離開自己原來所處之地，就像被什麼召喚著一樣，逐漸離開了監視器範圍。

她們聚集在京溪街五十八號，然後靜靜地走進已經被打開的大門和結界，就這麼消失在監視畫面中。

她們恐怕已經凶多吉少。

張家的男人們陷入了死一般的沉寂。

「靠！」一個張家堂兄弟狠狠地摔了手中作為武器的鋼管，一把掐住了黑衣女子的脖子，「是你們！是你們殺了我姑姑和我妹妹！我妹妹才九歲！她才九歲！你們這幫神棍！騙子！你還我妹妹！你還我妹妹啊！」

其他男人也鼓噪起來，連張正卿的呼吸都亂了，一時沒有做出阻止的動作。

那黑衣女子哪裡是好欺負的人，一巴掌拍在那個張家男人的臉上，那隻手的力量異常巨大，直接就將他拍到地上，半個肩膀都插入了泥地裡。

「楚夢大師——」張正卿臉色十分難看地說：「您這是什麼意思？」

「我能有什麼意思！」楚夢的臉色比他還難看，手中的鞭子在空氣中狠狠地甩了個空響，「要不是犧牲了這些女人，我們還沒法進來救你們呢！更何況我們也不是故意要犧牲她們的！我們也就是借她們一點血，誰知道會發生這種事！」

老和尚高頌了一聲佛號，道：「還望張族長請族人冷靜下來，現在不是追究的時候，我們還是先離開此處為妙，其他的事情，等出去以後再說。」

張正卿面色不虞，深呼吸了幾次，卻還是忍住了，並沒有做什麼不冷靜的選擇，而是點了點頭，道：「還請覺智大師帶路，帶我等兄弟出去。」

覺智老和尚點了點頭，也不管地上呻吟的玄青子，轉身出了院門。楚夢緊跟在他身後。張家人和保鏢們也一哄而上，跟著離開。

雲泰清走在最後，眼看著那壯漢慢吞吞地站了起來，仗著身高腿長，幾步就走到了玄青子身邊，毫不憐香惜玉地將他拎了起來，扛在肩上。那玄青子疼得大叫了一聲，不過很快忍住，之後只發出忍痛的輕哼。

由於雲泰清走在最後，當壯漢出門的時候，正好走在他的前方。雲泰清可以清楚地看到，壯漢肩膀上那個玄青子倒懸看他時怨毒的目光。

雲泰清正想說點什麼，那壯漢卻突然出手，巨大的拳頭在玄青子的腦袋上狠狠一敲，發出「鏗」的一聲，玄青子頓時就暈了過去。

雲泰清：「……」

壯漢襲擊完友軍，緊接著翹起蘭花指，衝他輕輕地「噓」了一聲。

雲泰清：「……？」

他不想再和這個人一起，趕緊快走了幾步，穿過人群，走到張家人的最前方，和張正卿並排。

他再回頭看看，那壯漢並沒有不管不顧地穿過人群追過來。這下他們之間相隔了幾十個人，就算對方突然發難，雲泰清也不會是第一個受害者。

眾人走到了建築群的周邊，就是之前保全將雲泰清放下的位置。那裡正停放著保全送他來時使用過的遊園車。

覺智老和尚道：「我們進來時用的就是這輛車，雖然能帶的人不多，不過出去的人再開車進來，大家很快就能出去了。」

這時，張家三叔突然用不符合他年齡的敏捷速度率先衝了出去，鑽進遊園車裡拚命鼓搗了一會，抬起頭時，露出了一臉驚恐的表情。

「這輛車……這輛車不能動了！」

「什麼！」

和他一起衝過去的還有幾個人，當他說出那句話的同時，也都露出了懊惱的表情，抬頭對這邊道：「這車的電線被人拔斷了，沒辦法使用。」

所有人的目光都集中在覺智和楚夢身上，覺智一臉凝重，楚夢則是氣憤不已。

「喂！我們可是好心好意來救你們的！要是想讓你們死，我們又何必多此一舉！我們又不是傻子！」

她說得很有道理，張家人無言以對，只能再次看向張正卿。

張正卿又能有什麼辦法？便是點頭說道：「那就用走的。」

一大群人也沒有什麼對策，只能抬腳向大門的方向走去。

對於這群土豪必須坐「十一路公車」的行為，雲泰清忍不住吐槽：「我說你們這家人的喜好也太奇怪了，占地這麼大，我還以為你們家地下室裡肯定停了百輛豪車呢！這麼多人居然就只能走路，簡直蠢到爆！」

張正卿卻十分淡定，看見身邊的梁清秋咳著血越走越慢，居然還有空去攙扶他，同時平靜地對雲泰清說：「地下室是有車，沒有百輛，十輛也是有的。」

雲泰清：「……哈？那我們為什麼還要走路？」

梁清秋輕蔑地吐了一口血痰，「長期不用的車能存放汽油嗎？沉澱的汽油不會堵塞嗎？你以為那些車要多少錢？一旦維修又需要多少錢？有錢也不是這麼玩的！」

張正卿道：「我們本來也有儲備汽油，以防萬一。不過三叔說這兩天家中會有外人，為安全起見，那些危險品就一起挪出去了。」

的？」

雲泰清隨口道：「連汽油一起？也就是說，還有其他的危險品？比如槍支彈藥什麼

張正卿沒有回答，但他的表情已經說明了一切。

雲泰清幾乎跳了起來，「你們有那些東西！結果在最需要的時候都弄走了！你三叔是不是有毛病啊！」

雲泰清說這句話只是感嘆，說完之後，他和張正卿卻同時震了一下。

剛才，是那位三叔先衝向了遊園車……

之前，也是那位三叔弄走了可能讓他們抵抗與逃跑的東西。

雲泰清突然想起了一件事。

張正卿父親這一輩的兄弟，早就死得七零八落，而去年「張小明」並沒有死，導致剩下的兄弟們紛紛遭到了代替性的獻祭，只剩下這位三叔依然活得好好的，一點也沒有要死的跡象。

只是巧合嗎？

怎麼就他能活下來？

他憑什麼活下來？

他究竟有什麼特殊？

他們兩人和其他張家人似乎都想到了這個問題，不禁同時看向走在人群最後，那個

揮汗如雨的中年男子。

他的體力並不好，卻第一個衝進車裡。

那輛電動遊園車怎麼就那麼巧，電線被拔斷，而且是無法修復？

雲泰清猛地衝了過去，一把抓住走在人群後方的三叔。

張三叔抬起頭來，面上的五官卻變得有點奇怪，像果凍，像透明的固體，像某種難以塑形的噁心東西。

他整個人都坍塌了下來，只有那身衣服還在雲泰清的手中被緊緊抓著，剩下的部分像一灘骯髒的流水，從下方嘩啦啦地流走。

張家的其他人發出了幾聲低低的驚呼。

雲泰清立刻扔了手中的東西，噁心地在衣服上使勁擦了擦，卻還是感覺到那種鼻涕一樣的要命觸感還留在手上。

張正卿驚道：「三叔?!你把三叔怎麼了?」

雲泰清氣得把那件殘存的衣服踢了過去，狠狠罵道：「我不認識你們這個破三叔也就罷了，你們自己也不認識嗎！這哪裡是什麼人！他根本就是別人做出來的傀儡罷了！」

就像是倀虎和青蛙組合起來的怪物，這位三叔也是一樣，他早已被殺，或者在祭祀的時候被大陣吞噬，現在這個東西只是依託著「三叔」身分，潛入他們之中，為某些人報信罷了。

現在他的任務完成了，便就此消失，乾乾淨淨。

張正卿早已見過雲泰清的本事，頓時不說話了。他本能地回頭去看覺智大師，卻發現覺智正用一種詭異的熱切的目光望著雲泰清，楚夢也是。

張正卿本能地覺得有點不對勁，心中很是不舒服。

眾人又前進了一會，隊伍停了下來。

覺智老和尚虛虛地摸了摸空氣，嘆道：「又是如此……」

其他人也走了過去。果然，明明看起來並無障礙的坦途，卻豎起了一道透明的高牆，所有人都被一道無形的壁障格擋，根本過不去。

楚夢也摸了摸那透明的壁障，撇嘴道：「沒辦法，恐怕還是要老規矩了。」

他們同時望向張家的男人們。

大概是想起了張家女人們的下場，他們稍一猶豫，都紛紛退了開來。

獻血是一回事，獻出整個人又是另一回事！誰知道他們獻出血之後，會不會跟張家女人一樣，生死不知？

但不巧的是，雲泰清和張正卿在人群的前方，當所有人往兩邊散去時，他們兩個以及一直由張正卿扶著的梁清秋，被明晃晃地獻了出來。

所有人突然不說話了。

雲泰清幾乎都能聽到他們心裡在想什麼。

在震耳欲聾的沉默聲中，所有人都緊緊地盯著張正卿，等待著他的選擇。

張正卿面無表情。雲泰清看著他，卻不由自主地為他心寒。

但張正卿似乎已經習慣了這種犧牲。他垂目看了看自己攙扶著的梁清秋，突地把他推給了雲泰清。

「拜託你……這一次，我的父親，我的姐姐，我，和我的弟弟……都沒了。他是我母親那邊僅剩的血親了，拜託你把他帶出去，否則，我怕她會撐不下去。」

雲泰清最看不上這種一意孤行覺得自己能拯救天下的愚蠢行為了。他毫不客氣地把還沒反應過來的梁清秋推了回去。

「你傻嗎？你媽關我屁事！」

梁清秋跟炮彈一樣被推入張正卿懷裡，張正卿被撞得退了好幾步，差點沒跌坐在地。張家男人和保鏢們連個屁都不敢放，只紛紛更加遠離雲泰清。

只有楚夢，一鞭子就向他揮來。

「你在幹什麼！」

鞭梢發出尖利的呼哨，帶起凌厲的破空之聲，不用親身感受就知道打在身上將會有什麼後果。

雲泰清可不想讓她的鞭子碰到自己，或者說，他覺得任何情況下都不要在這種地方流下任何一滴血。所以在她揮出鞭子的剎那，他一腳踢飛了腳邊的小石子。

小石子帶著「咻——」的尖嘯聲，準確地擊中了楚夢的肋間，她痛得哼了一聲，手臂不由自主一歪，手中的鞭子也失了準頭，擊中了旁邊一位張家子弟。

那位張家子弟頓時皮開肉綻，一蓬血花飛濺出來。

奇異的是，那血花卻沒有直接落地，而是在空中停滯了幾秒鐘後，倏地飛向堂屋的方向，消失在空氣裡。

所有人正在為那詭異的景象驚呼的時候，那透明的壁障發出了轟轟的震動，清水一般的波紋震盪散開，最後在他們的眼前轟然破碎。

大家同時發出一聲歡呼。

而雲泰清看著那位張家子弟，在歡呼的兄弟們中間，以肉眼可見的速度乾癟下去，肉身變得鐵青，接著他張開大嘴，向距離他最近的張家人身上咬去。

就在旁邊的張家人對於自己的結局渾然不知的時候，斜刺裡伸出了一把拂塵，鐵鞭一般抽打在那個新出爐的怪物身上，將那它狠狠抽倒在地，然後一把三尺長劍嗡嗡響著，以迅雷不及掩耳的速度砍下了喪屍的頭顱。

那把三尺長劍完成了自己的使命後，甩乾自己身上的髒汙，回到了灰頭土臉的老道士手裡。

當然不是玄青子。

是青峰老道。

之前沒注意，雲泰清還以為他沒臉和他們一起走，不曉得躲到哪裡去了，誰知他居然一直混在人群之中？

差點被咬的張家男人瑟瑟發抖，「青峰……大師？」

青峰老道揮劍大喝：「還不趁此機會快快離開！還在這裡磨蹭什麼！」

還是那些張家人反應迅速，青峰老道話音未落，速度快的已經衝出了原本結界壁障的範圍。後面的保鏢們也緊跟著一哄而上。青峰老道也混在人群中跑了，一點都沒有大師的氣度。

唯有楚夢，恨恨地摸著被雲泰清擊中的位置，又緊了緊手中的鞭子，卻沒有像雲泰清想像的那樣衝過來不管不顧地殺他，而是看向了覺智老和尚。

不錯，雖然站在距離壁障最近的地方，覺智老和尚卻並沒有第一個逃跑，他甚至沒有逃跑的意思，只是站在那裡，慈眉善目地看著雲泰清——緊緊地盯著他。

就在即將和大家一起匆匆踏出壁障的時候，張正卿突然停下腳步，回頭看了一眼楚夢，又看看覺智老和尚，再看看那壯漢和他肩上昏迷不醒的玄青子，以及被這幾人圍在中間的雲泰清。

「你要不要跟我一起走？」張正卿問。

覺智老和尚的表情變了變，楚夢也皺了皺眉頭，只有那壯漢不動聲色。

雲泰清知道張正卿是什麼意思。這幾個人是他僱傭的，但他們卻對雲泰清有所圖謀，而雲泰清在堂屋裡救了張家人，如果這個時候雲泰清和他一起離開，他就能為雲泰清抵擋這幾個人的陰謀。

雲泰清搖了搖頭，說：「你不用管我。」

張正卿顯得有些猶豫。梁清秋卻沒什麼顧慮，硬是拖著他走了。

在他們都走出壁障範圍外之後，那個彷彿通往外界的空間卻如波紋般「轟」的一聲震盪了一下，像收起了一個巨大的袋子，而後空間開始飛速收縮。

覺智老和尚手一揮，那個巨大的空間縮成了一顆球，向大門之外飛去。

「看見了嗎？」楚夢不無得意地說：「這就是覺智大師的本事——袖裡乾坤！這個陣法有古怪，你們這些姓張的一個都跑不出去，但隔著這個空間法術，就算是大陣也拿他們無可奈何！只要你乖乖的，我保證你很快就能出了大陣範圍，平安回家。」

雲泰清呵呵兩聲，眼睜睜地看著那顆法術球飛向大門，然後在大門上方的虛空之處發生了激烈的撞擊。撞擊一次、兩次、三次……最後被狠狠地反彈回了堂屋的方向。

覺智和楚夢也覺得不對勁，抬頭就見那東西被狠狠反彈回去的一幕。

覺智：「……」

楚夢：「……」

這臉打得有點快啊。

第八章

Y U T O Y A W A

雲泰清這回哈哈大笑起來，用手指做了個拋物線的痕跡，用嘴配上音效：「咻——砰！哈哈哈哈！這就是你威風的袖裡乾坤啊老和尚！靠你們，我還不如靠老天爺帶我出去呢哈哈哈哈哈哈哈哈——」

覺智老和尚繃著臉，面皮卻漲得通紅，單手從袖中一抽，抽出一柄長度將近兩公尺的禪杖，色如玄鐵，粗如兒臂，拿在手中一晃，層層鐵環便發出錚然大響，十分震撼。

楚夢彷彿收到了什麼訊息，將鞭子在地上狠狠一抽，對雲泰清冷笑道：「像你這種凡人，居然能得到諸位天女的垂青，真是令人作嘔！識相的話，還不快快束手就擒，乖乖聽從天女們的吩咐！」

天女？哪裡來的天女？

雲泰清退了兩步，垂頭做羞澀狀，「原你們想要我的身體？那多不好意思……」

楚夢的表情好像下一刻就要吐出來了。

覺智老和尚卻沒她那麼稚嫩，只用禪杖指著他道：「少廢話！時間不多，我們趕緊抓住他，不然等天女降臨，又會覺得我們辦事漫不經心！」

雲泰清收了那賤賤的表情，冷笑道：「就你們這幾個賤人，要抓我，來就是了，還磨磨蹭蹭什麼。」

楚夢氣急，甩鞭就上；覺智老和尚一揮禪杖，夾帶著冷厲的狂風，向他襲來；雲泰清右手一抬，白色的玉笏頓時變成長劍出現在手中。

他們三個瞬間戰作一團。

那個壯漢卻沒有加入，而是站在周圍，也不知道是不是在等待雲泰清的破綻，好隨時上去咬他一口。

畢竟是玄術界高人，打了沒兩招，楚夢就將鞭子化為千萬道幻影，眩光凜凜，鋪天蓋地。而覺智老和尚的禪杖過處，只聽得彷彿有千萬鬼物從地獄深處鑽出，嘶聲嗥叫，震人心神。

而雲泰清只有一把長劍，剛開始左支右絀，幾次都差點露出破綻。

但那只是剛開始。在實戰中獲得的經驗總是更為扎實。

這一仗雲泰清剛開始打得十分辛苦，但卻收穫良多。最重要的，是他終於知道了自己的能力水準，知道了自己的極限與缺點，在短短的數十招內，便找到了對方的無能與虛弱之處。

黑鷲說得沒錯，他不能總是拿自己跟泰昊身邊的人比較。

打著打著，雲泰清忍不住開始狂笑起來：「就你們這樣的，我一個能打你們二十個！」

三人又戰了幾十個回合，雲泰清一邊用武力壓制，一邊用嘴拉仇恨，氣得楚夢臉色發青、覺智老和尚怒髮衝冠……對不起他並沒有髮也沒有冠，反正就是很生氣就對了。

突然，覺智老和尚從懷中掏出了一串佛珠，朝空中一扔，同時咬破舌尖「噗」地噴出一口鮮血，將那串黑色的佛珠染成了黑紅的顏色。

佛珠被扔到雲泰清的頭頂上方，血色的壁障轟然大亮，將他罩在其中。雲泰清就像突然被投入了黏滯性極高的液體中，就算要挪動指尖，都要用盡全身力氣。

在這道光線的籠罩下，他的動作頓時停滯了幾秒鐘。

高手對決，幾秒鐘就能定人生死。

楚夢在長鞭的柄部一按，另一頭刷地出現了一把雪亮的尖刀，毫不猶豫一刀砍掉了雲泰清拿著白色長劍的右手，同時順勢劃過他的半隻左手，將手上的扳指連同手指一起削掉。

她的尖刀上大概自帶寒冰陣法，雲泰清的傷口瞬間就被薄薄的冰凌封堵，絲毫沒有血汙沾染到扳指和玉笏。

楚夢連多看他一眼都來不及，飛一樣撲到他腳下，撿起了長劍。但長劍一到她手中，就自動恢復成了玉笏的模樣，她奇怪地折騰了半天，卻絲毫沒有作用，那個玉笏就好像是單純的玉笏一樣，對她沒有一點反應。

她將玉笏往後腰帶上一插，便沒有再管。

覺智老和尚在吐出那口血之後臉色明顯灰敗不少，卻還是以對一個老頭而言過於敏捷的動作撿起了雲泰清那根戴著扳指的無名指，硬是將扳指從無名指上扯了下來。

被泰昊強行捏成指環的扳指又恢復了大扳指的模樣。老和尚翻來覆去看了幾眼，沒看出什麼名堂，只好放在胸前的口袋裡，轉臉面對雲泰清。

雲泰清仍然在佛珠的血色領域內，剛才的黏滯感已經減弱到幾乎不存在，但他仍然站在那裡沒有動彈。

就在那兩樣東西離開雲泰清的同時，天光突然暗了下來。

現在這個時間，正是日上中天的正午。

但是黑金大陣已經壓迫到了他們的頭頂，幾乎到了觸手可及的地步。所有的黑色怨氣和死氣在雲泰清雙手被砍的同時，簡直已然化為實質的烏雲。

就在這個時候，寒冰陣法突然失效，雲泰清雙手被砍之處鮮血狂噴。血液直接流入地面，柔軟的泥土如同一張貪婪的大嘴，將那些血液汩汩吸收。

在鮮血被土地吞噬的同時，地面上迅速地顯現出了和空中完全相同、如同照鏡子般對映的大陣，只不過天空上的大陣是黑金色，而地面上的大陣，就像用鮮血繪畫出來一般的血色。

對映大陣出現的同時，七道白色的身影在大陣中間逐漸顯現，剛開始只是幾個虛空的影子，隨著時間逐漸變得立體，最後化作七個梳著飛天高髻的美女，身材窈窕，衣袂飄飄。

有詩云：「髣髴兮若輕雲之蔽月，飄飖兮若流風之回雪。」

她們美得令人心驚。

可惜這七位美女並不是詩詞中的柔弱美人，她們每個人或執叉、或執刀、或執刺，在美得驚人的同時，也釋放出了凌厲的殺氣。

大概因為如此，覺智和楚夢沒有雲泰清那麼好的心態。他們兩個露出了驚恐的表情，撲通跪倒在地。

膝蓋、手肘、額頭著地之後，再五體鋪地，表達至高無上的敬意。

他們高聲道：「拜見上仙！」

為首的仙女雙手套著峨眉刺，從空中降落下來，赤裸的玉足踏在柔軟的草地上。其他的仙女也跟著她紛紛落了下來。

仙女首領冷然道：「本仙說過什麼？」

覺智和楚夢互相看了一眼，覺智猶豫道：「上仙容稟，那東西可能……」

仙女首領打斷他：「你不做，自有他人願做。」

覺智和楚夢頓了一下，這回連對視都沒有，覺智飛快地將那扳指塞入口中，硬生生塞進喉嚨裡，老和尚臉都青了，使勁抓撓頸部，最後還是吞了進去；而楚夢的速度居然也不比他的慢，硬是將三寸長的玉笏塞進喉嚨，雲泰清眼睜睜看著她的喉部被撐出了玉笏的形狀，同樣非常不科學地沒有噎死，還用了幾次力氣，硬用手指捅進了腹中。

嗯，這個場面……居然有點色情，還有點尷尬呢。

雲泰清甩了甩殘廢的手，這會它已經不流血了。

仙女首領見兩樣東西都進了凡人的肚子，滿意地點了點頭，接著臉色一變，道：「還不快滾？」

覺智和楚夢爬起來，走了幾步，楚夢猶豫地回頭問：「上仙，能否將袖裡乾坤中關押的張家人……」

一名手執血紅仙綾的仙女冷笑：「他們可是重要的祭品，妳若想和他們一起留下，也沒什麼不行。」

覺智招招手，收回了雲泰清頭頂上那串變得漆黑的佛珠法器，見楚夢還想說什麼，他用力扯了一下她的手臂，衝她狠狠使了個眼色。

楚夢閉上嘴，跟著覺智飛一般地竄向大門。

雲泰清看向壯漢，和他腳邊跟死了一樣毫無反應的玄青子。不知道等玄青子醒來，發現被同伴遺棄，會不會崩潰大哭？

也或者，他連大哭的機會都沒有了。

就像雲泰清一樣。

雲泰清對壯漢道：「你若想逃走，現在就是最後的機會啦。」

壯漢沒說話，也沒動。

仙女首領冷冷道：「讓他們兩個離開，自然有其道理。但多餘的人，卻是一個也別想走。」

壯漢木木地站在那裡，就好像什麼也聽不到一樣。

仙女們毫不猶豫地向雲泰清包抄而來。

雲泰清矯揉造作地驚叫著：「妳們不要過來啊！就算妳們身材姣好，也休想讓我背叛……喔，對了，要是讓我摸一下的話，我說不定就妥協了！大家排好隊，一人摸一下就行！我一點也不貪心的！」

仙女們對他的嘴賤毫無反應，直接向他丟出了手中的武器。

手執血紅仙綾的仙女率先到達，瞬間就將他的四肢死死固定，他像個靶子一樣被捆得結結實實。隨著一聲聲的嬌叱，只見五彩繽紛仙光陣陣，數把仙器在他身上穿出無數傷口。

出乎意料的劇痛如雨點一般擊打在雲泰清凡人的軀體上，剛開始他還能嘴賤兩句，但很快他就說不出話了。不僅是疼痛淹沒了他的意識，還有那些武器幾乎將他整個人穿成了篩子，根本說不出半句話來。

可見她們有多恨他。

但是這輪凌虐並沒有讓雲泰清流出半滴血來，好像也不是什麼祭祀的步驟，感覺只是為了讓她們紓發胸口不知聚集了多久的惡氣。

在每個仙女都露出了異常滿意的表情之後，才終於停了下來。那條血色紅綾將雲泰清捆紮妥當，她們飄飄搖搖地飛上天空，幾乎貼著頂部黑金大陣的高度，向堂屋的方向飛去。而雲泰清就跟殘破的風箏一樣，被她們拖拽著，晃晃悠悠地飛在她們身後。

她們飛到了建築群的最中央，那裡有一座波光粼粼的大湖。雲泰清之前並沒有見過。再仔細看看岸邊，剛才被大門的結界反彈回來的袖裡乾坤，現在已經恢復了原本的大小，像個半透明的碗一樣落在岸邊。

仙女們將雲泰清直接懸吊在湖中正上方。

七位仙女圍繞著雲泰清，再次執起她們手中的武器，開始在他身上辛辛苦苦地製造出新的傷口。

和之前的洩憤不同，這一次完全毫不留情，每一次攻擊都將全部的力量聚集在一處，力求將他的靈魂徹底擊碎。

雲泰清都不知道自己有那麼多的血液，在每一次攻擊中瘋狂噴湧，連帶著被拆卸下來的靈魂碎片，紛紛揚揚地落入清澈的大湖之中。

仙女們冷笑道——

「你不是最會逃跑了嗎？」

「你逃啊！這回定魂大咒就在下邊，你逃啊！」

「你以為你是個什麼東西！」

「有了東嶽大帝的寵愛就不知道自己是誰了！」

「不過是個凡人！」

「一個廢物！」

「居然敢肖想元君女神的母體！」

「無恥！」

「無恥！」

「無恥！」

要不是有那條血色紅綾，他整個人都要變成一片血肉，啪唧一聲拍碎在水面之上。

鮮血再多，也有流光的時候。

能力再強，也有疲憊的時候。

仙女們將所有的怨氣發洩完畢，為首的仙女用峨眉刺插過紅綾，將雲泰清的腦袋拎在手中，讓他好好看著腳下的大湖。

大湖中已經變成了一片鮮紅，碧綠的湖水化作一塊上好的血玉，散發著寧靜的血腥氣息。

「看見了嗎？」仙女高聳的胸脯就在他的臉旁，隨著她微微的喘息，以令人遐想的弧度和節律起伏，「這就是東嶽天齊仁聖大帝為你做的事！為了你這麼個微不足道的渣滓，將我們信奉的主神元君陛下生生打碎，封印此處。六百三十一年，六百三十一年啊！終於等到你了！東嶽大帝怎麼想得到，當初他為了你封印了她，今天，就要用你的血肉靈魂來還報她！」

「等……等一下……」雲泰清開口，就像一個被強行復活的殭屍，「我到底幹了什麼啊？他們兩個的愛恨情仇跟我又有什麼關係？」

為首仙女露出一個陰冷的笑容，「原來是投胎多次忘記了過去啊！呵呵，果然是凡人呢！那本仙就告訴你，你到底──」

三叉戟仙女不耐煩地說：「姐姐！不要理他！他這是想要拖延時間，等待援兵呢！」

為首仙女：「那也要能等到才行。此處已經用他的血打開了兩層大陣，東嶽大帝那些手下有哪一個能穿越過來？」

梅花刀仙女猶豫道：「若是東嶽大帝親臨……」

為首仙女道：「東嶽大帝幾百年前就被大戰拖住了，怎麼可能為了這個賤人趕來！」

血綾仙女突然插嘴：「當初元君陛下也是這麼想的。」

空氣突然陷入死寂。

為首仙女的臉色變得鐵青，一把將雲泰清壓向血玉一般鮮紅沉寂的湖水。

「便宜你了，糊裡糊塗去死也挺好的。」

雲泰清好險沒氣暈過去，心裡怒道：就差一點！差一點就能知道真相了！

血色的水底一片漆黑，深沉而巨大的壓力從四面八方湧來，將他死死地壓住，加上那條始終沒有解開的血綾，他整個人就像一塊石頭一般沉沉地陷入水中。

儘管水溫異常冰冷，但在入水的一瞬間，雲泰清卻感覺到彷彿回到母體般的溫柔錯覺。

他知道那是錯覺，因為溫柔與冰寒同存，愛意與惡意皆在。那種複雜的感受，最終定格在滔天一般的恨意上。

這種感覺實在太過熟悉，如同出生的那一刻所感覺到的世界，永生永世地鐫刻在深入靈魂的記憶裡。

儘管他知道自己的出生不是那樣的。

雲泰清出生過很多次。因為要經過輪迴，他就必須不斷地出生與死亡。

但有兩次出生是特殊的。

第一次，是他真正意義上的第一次出生。他什麼也不知道、什麼也不記得，甚至從未意識到自己的存在。只在之後的回憶中大概想起，他作為一個新生的生命，曾在黑暗中懵懵懂懂很多很多年了。因為實在太懵懂了，只記得有一道溫柔的氣息，從出生之後就一直擁抱著他，他們互相取暖、互相安慰，像地溝裡剛出生的兩隻小小老鼠般相依為命。

而那道氣息，他知道，不是那十位兄弟姐妹中的任何一個。

第二次，是在他開始輪迴之後。他已經不記得原因了，他還不到出生的時候就被強行從母體中取了出來。之所以還記得，是因為這個過程很痛很痛，痛得摧心剖肝，痛得筋斷骨折，偏偏那過程又異常緩慢，如同鈍刀慢磨，將這不可思議的折磨無限拉長，痛得他只恨自己不能立刻死去。而和這股疼痛相伴的，是層層包圍著他、那股驚天的惡意和深沉的恨意。

他之前並不太記得這第二次特殊的出生，就彷彿有什麼東西一直阻止他去思考它的存在。但在沉入水中之後，他突然就想起來了。

這種無處可逃、摧心剖肝、鈍刀慢磨的疼痛；這股徹魂銷骨、又如水流一般無孔不入、壓得他筋碎骨折的惡意和恨意……都是如此熟悉。

「碧霞……元君……」

就算他再怎麼想要忘記她，也沒有辦法在這個時候做一隻頭顱埋在沙中的鴕鳥。

六百三十一年前，是她將他從她的體內取出。

六百三十一年前，是她將他的肉身活活捏碎。

她作為生產他的母體，卻因為拒絕承認他的存在，幾乎摧毀了他的靈魂；她寧死不屈，與他誓不兩立，寧願被她所愛的上神打碎封印，也絕不妥協。

他終於知道泰昊說過的「你是我的孩子，但也不是」是什麼意思。

雲泰清轉世上千年，擁有著普通人無法企及的龐大記憶，無以計量的資訊一直被埋藏在他不健全的記憶之下。雲泰清在蝕魂湯中恢復了記憶，他原本以為那就是全部了，然而直到現在他才發現並不是。他缺失了最重要的一部分記憶，關於碧霞元君的記憶，讓他的所有記憶都出現了斷層。巨大的缺失讓他很多記憶都無法續接，但在此之前，他絲毫沒有注意到。

幾十條人影被下餃子似地撲通撲通扔進了水裡，和雲泰清一樣，被水壓和威壓壓得無法反抗，徒勞地在水中揮舞著四肢，卻還是無助地漸漸沉底。

巨大的壓力從四面八方襲來，在他們的身上逐漸逼出了鮮血，鮮血如水龍般在水中四處亂竄，原本就已經紅得暗沉的水中更是黑得什麼也看不清楚。

有東西不停地在水中吸吮他們的生命力，雲泰清可以看得見逐漸停止運動的肢體，被不斷吸乾，最後連粉末也沒剩下，消散在水流中。

他可以感覺到她正在緩緩甦醒，真正意義上的甦醒。

因為她終於吞噬了她急需用來積蓄力量、打破封印的張家血脈。

而接下來被吞噬的，就是雲泰清。

她之所以用了長久的時間來吞食張家人的魂魄和血脈，就是為了等待雲泰清的到來。

雲泰清動了動手指，戴在左手無名指上的扳指在手中恢復了觸感，而玉笏也和整隻右手一起回到了它原有的位置。他輕輕一動，玉笏刷的一聲，又化作一把通體雪白的長劍，在長劍出現之時，伸出的角度順勢劃破了血綾對他的束縛，讓他整個人從血綾中掙脫了出來。

他向著從剛才落入水中起就一直緊盯著的人影游過去，從後面攬住對方的腋下，將那人往水面上推。

水中的壓力驟然加大，雲泰清可以感覺到那股惡意和恨意中又增加了滔天的怒意，水底下方無數細白的女性手臂浮現出來，長長地伸向他們，死死地禁錮在他和那個人的腳上。

就在這個時候，被救的人伸手抓住了另外一個人。

本來雲泰清帶著他就難以在水中漂浮，游得十分辛苦，又有那些詭異的手臂如水草一般纏住腿腳拚命下拉，而現在這人居然還要去救別人！

雲泰清氣瘋了，卻也無可奈何。

他一手推舉著那人的胸口，一手揮砍著腳下的手臂。但那些手臂卻是生生不息，越砍越多，最後湖中到處都是那些雪白的手臂，密密麻麻，看得人噁心眼花。他用盡了所有的辦法，卻只能被那些噁心的手臂拖著、拖著……向那漆黑的深淵巨口中拖去。

雲泰清早就發現不對勁了，就在覺智四人組出現的時候。

他們四個明顯就是衝著他來的。他們當時之所以不立即進入堂屋，就是為了看那把劍的效果；之所以四處逡巡，是因為他們並不知道他們要找的人長什麼樣子；之所以騙張家人進入袖裡乾坤，就是為了防止他逃走，為了那點不多的職業道德，想要把他和他們隔開；更重要的是，從他手裡搶東西的時候，不要被張家人看到。

所以什麼祭祀啊、死亡啊、魂魄啊……都不是重點。

他們只是要用一個理由，將雲泰清騙進這個封印了碧霞元君的地方，搶走他和泰昊之間的聯繫，讓他變成一把鑰匙，去將牢籠的門鎖打開。

可是，他們弄錯了一件事。

那些仙女們真的是神話傳說看多了，以為在傳說中碧霞元君是泰昊的妻子，以為這樣就能和泰昊平起平坐了。

但事實壓根就不是如此。

泰昊和她們所謂的碧霞元君，根本就不是可以相提並論的存在。泰昊的手段，她們——就算是碧霞元君——所知也不過是一鱗半爪。

泰昊親手交給雲泰清的東西，那就是雲泰清的東西，不管是扳指也好、玉笏也好，除非泰昊親自收回，否則任何人都沒有辦法從雲泰清手中搶去。他們就算砍掉他的手臂，就算將他剁成肉泥，就算將他大卸八塊丟進湖水……只要有泰昊的扳指在，雲泰清就是不死的。

就是因為有這樣的自信，雲泰清才會毫不猶豫踏進這個陷阱。

在假作獵物的同時，雲泰清知道自己才是捕獵者。

不過這會好像玩過頭了啊……

他手中那個人的掙扎越來越弱，而那個人硬是拖著的另一個人早就一動不動了。

張正卿一死，張家最重要的長子血脈就會遭到吞噬，接下來再吃了雲泰清，她就能從這六百多年的沉睡和酷刑中醒來。

就在雲泰清猶豫要不要放棄張正卿自行逃走的時候，一個巨大的身影如高山般轟然沉入水中，一手掐住雲泰清的手臂，就像掐住了一根火柴，輕輕鬆鬆地將他和那兩個人如糖葫蘆般提了起來，那些細白的手臂在他的力量之下變得幾乎不值一提，紛紛發出劈啪啪的聲音，像脆弱的水草被活活地拽斷。

他們很快浮出水面，三個人被一起推向岸邊。

第九章

Y U T O Y A W A

雲泰清將手中緊緊抓住的張正卿先推到岸上，然後自己才上岸。而那壯碩的身影拽住了那個一直被張正卿抓住的梁清秋。

他們兩個人的狀態也有不同。張正卿瘦了很多，衣服都空蕩蕩地黏在身上，臉色青灰，極度消瘦，就好像分開的這短短幾十分鐘，對他卻是幾年之遠。他的臉色很差，但意識卻很清醒，上了岸居然還有精力來拉雲泰清，完了又去拉梁清秋。

梁清秋並不是張家的血脈，所以並沒有什麼消瘦和被吞噬的跡象，只是一副溺水的模樣，被壯漢在腹部壓了幾下，就一口一口地嘔出髒汙的水，清醒了過來。

張正卿拉著梁清秋的手，梁清秋一醒來就看見了他那張極度消瘦、青灰的臉，頓時驚悚了。

「表……表哥？我這是昏迷了多久？二十年嗎？」

雲泰清看看張正卿，這張瘦得脫形的臉都能認出來，這必須是真愛啊！

張正卿放心地吐了一口氣，沒理梁清秋，只對雲泰清深深地點了點頭。他似乎想說什麼，但實在太虛弱，就連喘勻氣息都費了他很大的力氣。所以他張了張嘴，卻一句話也沒說出來。

雲泰清對他揮了揮手，「不必謝我。你和我有相當大的淵源，雖然我目前還不太清楚是什麼淵源，不過應當可以抵銷我們之間一切的恩怨。」

張正卿滿臉問號，其實雲泰清自己也是一肚子問號，但現在不是追究的時候，他示意他閉嘴。

雲泰清抬起頭，那七名仙女早已發現了他的逃脫，仍有四名仙女在上方維持著開陣的解印，而另外三名仙女手執武器，向雲泰清撲來。

剛才雲泰清一動不動地任她們凌虐，不是因為無能，而是他必須引出背後的那個人。現在找到了，他不必再留手。

雲泰清扯掉已經成了破布的外衣，剛才被打得面目全非的身體，在扳指的作用下逐漸恢復原貌。

三位仙女高舉鐵尺、梅花刀和三叉戟，帶著滾滾風雷向他襲來。如此巨大的力量，在還未接近之前，就有巨大的威壓撲面而下，壓得人動彈不得。

張正卿和梁清秋只是被威壓掃到，就直接被推出去很遠。這樣也好。

壯漢艱難地站起來，將雲泰清一拉，擋在他的身前。

雲泰清身上的壓力驟然變小，卻見壯漢身上的衣服無風自動，渾身的肌肉一緊，又巨大了幾圈，頸後部同時凸起了幾條青筋，看起來就非常疼痛。

很熟悉的感覺。

雲泰清又恍惚了一瞬，隨即迅速地回過神來，將雜念拋到腦後，踩著壯漢的後腰跳了起來。

他不是弱者了。

恢復了記憶的他，也恢復了上千年來學習的一切知識。

就像現在他們腦袋的大陣上那些符號到底是什麼意思，只怕當前這麼多人，也只有他一個人對此一清二楚。

雲泰清整個人飄浮在空中，雙手越過壯漢的腦袋，在空中連連輕點。

他不需要法力，因為他全身上下每一個靈魂的觸點都可以成為陣法的中心。每點中一個地方，那處空氣就憑空開出一朵陣符花紋，他的速度極快，甚至不需要思考，每一下都是身體的自行動作。不過幾息的時間，就見壯漢面前的那一小片空氣中浮現出了幾百個小陣符，這些小陣符組成了一個稍大的陣符，阻擋了威壓。

仙女們冷笑道：「微末小計！」

她們襲來的身形一動，從三個方向俯衝下來，那面小小的盾牌擋得了左卻擋不了右，眼看就要被她們衝破屏障，直接將武器穿透他的胸膛。

雲泰清微微一笑，在陣眼上一點。

盾牌狀的陣符忽然一收，猛地發出一道白光，炸裂開來，巨大的力量將仙女們的身體撕裂，修長的大腿和纖細的手臂與她們的武器紛紛掉落，三位仙女被炸出去幾百公尺遠，落到湖水中央，懸浮在水上。

雲泰清腳尖落在壯漢肩頭，對她們喊話道：「若是乖乖投降，就饒妳們一命。碧霞元君才不是什麼主神，妳們可不要被她騙了，奉獻了自己不說，還沒有任何意義。」

受傷的仙女們看了看頭頂處仍在繼續解印的四位仙女，咬了咬紅唇。

雲泰清以為她們會對投不投降有所猶豫，誰知人家的想法跟他完全南轅北轍。

一仙女高呼：「為元君主神獻身，寧死不悔！」

她僅剩的身體砰一聲炸裂開來，化作一片白銀色的血霧，又迅速被髒汙的湖水吸收。

另外兩個仙女也緊跟著同聲高呼，同樣化作白銀色血霧，被湖水吸收。

雲泰清：「……」我靠！她們是邪教組織嗎？

剩下的那四位仙女看著他，露出了異常仇恨的表情，只恨不得生啖其肉、生啃其骨。

但她們的解印到了最關鍵的時候，若是就此放棄，便是前功盡棄，於是她們只能眼睜睜看著此等情景。

當然，這是暫時的。

雲泰清看看她們的表情，轉身摸了摸壯漢的頭，「花傑啊……」

壯漢「嗯」了一聲。

和黑城、白麗他們一樣，花傑也是地府的工作人員，人間浮游是他們用人類身體在人間執行任務的身分，這個身分隨時都可以變更。

恢復了記憶之後，至少在認出一名地府浮游這件事上，雲泰清是不會出錯的。

怪不得泰昊並不需要親自跟來，他派出了最得力的助手，所以才放心讓雲泰清出現在這裡。

雲泰清說：「你在這裡等著，我馬上就回來。」

壯漢扭頭看他一眼，眼中透露出一丁點的委屈。

雲泰清知道花傑是什麼意思，上次因為沒有保護好他，即使為他受了很重的傷，卻還是遭受了來自黑城和白麗的懲罰。

這一次若是再讓雲泰清出事，那兩位就真的要不客氣了。

雲泰清說：「要是你不聽話，我會告訴泰昊，我不需要你的跟隨。」

壯漢咬了咬唇，還是委委屈屈地跪了下來，姿態十分少女。

張正卿和梁清秋目瞪口呆地看著壯漢秒變少女，眼珠子都要凸出來了。

雲泰清腳尖一點，飛了起來。陣符緊緊跟隨著他的身體，在他飛行的軌跡上開出大片的符咒之花。

雲泰清飛上了半空，圍繞著那四位仙女，雙手連連結印。這次比上次更加熟練，速度更加迅疾，而隨著飛行範圍擴大，結印的範圍也變得十分巨大，只用了數秒就完成了一次攻擊的印符。九十九個陣符像花一樣在空中綻放，用熒熒的光輝將那四位仙女緊緊包圍。

他衝她們喊道：「諸位美女，我和妳們之間也沒什麼仇恨，只要妳們現在停止解印，我可以放妳們安全離開！」

那四位仙女卻像看不見他的動作也聽不見他的聲音一般，相反地，卻用上了更加迅速的解印手法。

真是不到黃河不死心啊。

她們的解印已經到了尾聲，若是他再繼續婦人之仁下去，只會造成更加嚴重的後果。

雲泰清當機立斷，雙手一併，所有的陣符都如同流星一般飛射入中心一點，正正停留在四位仙女之間，破陣的最中央。

陣符發出了太陽一般耀眼的光芒，仙女們不由自主地掩住了面龐，然後那光芒攜帶著驚天滅地的威勢，轟然炸裂。

仙女們發出聲聲驚叫，紛紛放出護體金光，卻和先前那三位仙女一樣，根本毫無抵抗能力，轉眼間被爆炸炸得四分五裂。由於這次威力更大，她們甚至都沒有剩下殘軀，只有那個為首的仙女剩下了一顆頭顱，飄飄蕩蕩地浮在水面上，美麗的臉龐被炸得面目全非。

在他們上方，已經快要壓到雲泰清頭頂的黑金大陣，被那爆炸毀壞了一部分，原本如同精密儀器一般循環旋轉的大陣出現了一陣滯澀，雖然還能繼續運行，但明顯不如之前那麼圓潤順利。

雲泰清飛身落下，點水而行，走到那顆殘破的頭顱面前，將它拿了起來。

「我說妳們啊……」他百思不得其解，疑惑萬分地問：「碧霞元君到底給妳們灌了什麼迷魂湯？妳們都變成這樣了！有必要冒著灰飛煙滅的下場和泰昊作對嗎？她到底給了妳們什麼，讓妳們無論遭到什麼樣的對待都不在乎啊？」

他手上的扳指發出淡淡的白光，那幾乎陷入死亡的殘破頭顱微微動了動，雙唇微張，他便從腦中聽到了她的聲音。

「為了……主神……萬死……不辭……」

「妳們都死了啊！死了啊！為了一個根本不是主神的騙子！妳們到底是為了什麼啊！」

遇見這種冥頑不靈、死不悔改的人，雲泰清幾欲崩潰了。這個碧霞元君除了心狠手辣之外，居然還是個優秀的邪教教主啊！下屬都變成這樣了，還要向她效忠，就跟周建成一樣，死也無所謂，屍身被撕碎也無所謂，魂魄被打散也無所謂，就算只剩下那麼一點點，也要奉獻給他們的神！

「為了主神……」

雲泰清氣急敗壞道：「都說了她不是主神！妳們被騙了！她就是泰昊手底下一個小嘍囉！不要因為沒見過山，就把山腳下的小石頭當神仙啊！」

「你不懂……」

他確實不懂啊！就算對於泰昊，他也沒有奉獻出自己的魂魄和肉身，粉身碎骨為泰昊效忠的想法！

「你不懂啊……我們效忠於元君陛下……就是效忠於元君……陛下的丈夫……東嶽

泰山大帝……」

「等一下！妳說什麼？碧霞元君的丈夫?!他們什麼時候結的婚?!妳胡說吧！我怎麼不知道！」

這種感覺就好像他爸在很久之前偷偷結了婚卻沒讓他知道，這種感覺簡直……

而且說什麼效忠碧霞元君就是效忠泰昊，所以才要殺雲泰清——這個邏輯錯了吧？

那頭顱只剩下那麼一點，卻絲毫不影響她對他的鄙視：「你以為你……是什麼東西……況且……他們不成婚……你從何……而來……」

雲泰清說：「我從何而來，只有泰昊知道，碧霞元君只是幫忙把我生下來而已。泰昊為了騙她，還真是下了血本呢。」

他都不知道，原來泰昊當時為了這個目的還和她結婚了……

心情真是複雜啊……

「你胡……胡說！你胡說！大帝是真心……愛慕元君的！」那頭顱頓時變得異常憤怒，連斷斷續續的聲音都變得順暢起來，尖叫道：「他們本來可以有自己的孩子！擁有他們血脈的孩子！是你！打破了元君的希望！讓她只能看著你這個不知從何而來的骯髒的血脈在她體內成長！你怎麼能理解她的痛苦！」

雲泰清終於明白了，「妳們不知道我是誰，只以為我是泰昊和其他人的血脈？所以她就在我還沒有真正能出生之前，將我從體內扯出？並且作為新生兒的母神，不承認我的存在？妳們知不知道我那個時候已經很脆弱了，只要有一點點刺激，就會直接消失？然後還因為這個就恨我恨到現在，而且還幹了這麼多糟心的事情，就為了殺我？」

泰昊費了那麼大的力氣，做了那麼多的事情，給了碧霞元君那麼多的許諾，甚至給了她一場婚禮。泰昊只有一個要求，就是讓雲泰清從她體內順利出生。但就這麼一件事，她也沒做到。她強行將他取出，拒絕承認他的存在，幾乎摧毀了他已經很脆弱的靈魂。要不是泰昊的準備周全，他連現在這個不穩定的狀態都沒有，直接就灰飛煙滅了。

他並不是很在乎他自己的死活，但他的哥哥姐姐們，他們那麼在乎他，他們用他們的生命保護了他，寧可灰飛煙滅也要保住他，就算是臨死前的遺言，也是囑咐他：「**無論發生任何事，一定要活下去。**」而他，卻連這最後剩下的自己也沒保住。

頭顱存留的力量已經很小了，剛才突然的爆發消耗了她剩下的力氣，她又再次變得半死不活，連傳入他腦中的聲音也更加微弱。

「你懂什麼……只有……消滅你，他們才能長長久久……永生永世……」

雲泰清：「……」所以在她們眼中，他就是那個破壞他們感情的小三對吧?!

雲泰清有點糊塗了。他是碧霞元君的孩子吧？雖然是泰昊用了點手段，她才懷了他，但不管怎麼說，他也算是她的孩子才對吧？為什麼非得他「真正死去」，他們才能在一起呢？為什麼一定要殺了他，才算效忠於碧霞元君，才算效忠於泰昊？這種前後因果是怎麼算的？

可惜，她並沒有再透露半句他想知道的事情，喃喃地呼喚了一聲：「元君陛下……萬歲……」接著轟的一聲就炸了。

果然是邪教組織！

扳指上發出的柔和白光芒環繞在雲泰清身邊，將她所剩無幾的爆炸影響隔絕在外，雲泰清幾乎沒有感覺到任何震動，就見那頭顱也和其他的仙女一般，炸開一片銀白色的血霧，消散在幾近黑色的湖面上。

湖面之下，發出了悠長沉悶的轟鳴聲，好像淒厲的呼號，又好像痛苦的慘叫，因為她最後一個忠心僕從的死亡而發洩著無限的憤怒。

平靜地吞噬了張家血脈的湖面上驟然掀起了大浪，一個巨大的影子從湖底冉冉升起，雲泰清可以看得到那些黑色組成了一道熟悉的女性的身影，攜帶著恐怖的氣息，以吞天噬地般的氣勢向他撲來。

雲泰清迅速向高空飛去，堪堪躲過了從大浪中湧出的無數女性長臂，而那一道最為巨大的身影埋藏在風浪中，瞬間就到達了他的身後，他可以感覺到從身後凌厲劈下的風聲，卻無法躲避。

她並沒有完全解開封印，但這個黑金大陣就是為她準備的血祭陣法，在這裡死去的每一個張家血脈都會賦予她力量，而她的下屬死去後如獻祭一樣，讓她將曾經分割出去的力量全數收回。她現在只需要吃掉雲泰清，就可以完完全全回到巔峰狀態。

六百多年前，她不知是不知情，還是為了迷惑泰昊，將一部分的神力用在了修復雲泰清的魂魄上，結果又因為沒到時間就強行生產的緣故，大部分力量在毫無準備的情況下被新生的雲泰清帶走。她那個時候已經幾乎瘋狂了，剩下的力量本來就不多，卻還是將之用在了將雲泰清消滅的這件事上，再用僅存的力量逃脫泰昊的追殺，之後一直蟄伏到現在。

她要殺雲泰清，不僅是因為她恨他，更是因為他的出生帶走了她大部分的力量。就像她一定要張家的血脈，是因為張家的血脈攜帶著雲泰清的一部分力量。

雲泰清不記得自己在幾乎被她殺死之後發生了什麼，似乎在那之後，他有很長時間沒有神智，就像之前作為「雲泰清」的時候，他也沒有一丁點關於過去的記憶。

既然碧霞元君除了殺他之外，還要殺張家的人，那麼這些張家人肯定是他在某一世留下的後人。而碧霞元君是「生下」他的母體，所以用張家的血脈血祭才對她有效，她可以利用這種方式，吞噬他的力量。

只轉念間，凌厲的風刃已經到達了雲泰清的身後，就要將他劈成兩半。而他腦子裡轉過了無數念頭，卻一丁點辦法也沒有。

就在他閉上眼睛等待這一次的死亡之時，身後傳來了血肉被利刃活活撕碎的聲音。

雲泰清猛然回頭，那壯漢——花傑，用她巨大的身體擋在了他的背後，她整個人被那把巨大無形的鍘刀咬住，然後在他回頭的那一瞬間，被絞成了漫天飛旋的碎肉。

「花傑——」他大吼著，伸手去抓她拋棄了肉身而露出來的貓女魂魄。

這個黑金大陣和別的大陣不同，它就是定魂大咒的原型，是比定魂大咒更加高級、更加強力的陣法。誠然，它需要的是雲泰清或者張家人的血脈，但事實上，無論是誰死在這裡，他們的魂魄都會變成傀儡、變成養料、變成大陣運行的基礎。就像那些鑽進死人身軀裡，四處追殺張家血脈的黑色影子。

它們未必對碧霞元君的有用，但一定能增強黑金大陣的效果。

裸露出來的貓女魂魄淒然而恍惚，似乎有點不太明白自己為什麼會在這裡，卻在看到雲泰清的時候，露出了一瞬間的清明。

她也向他伸出了手。

雲泰清費盡了全身力氣，卻只感覺到自己的速度慢如蝸牛。

他的手指堪堪劃過花傑的指尖，小小的魂魄便已經被那股巨大的力量狠狠地抓住，只來得及露出一個驚恐的表情，接著就在他的眼前，砰的一聲，炸成齏粉。

他的心臟在那一瞬間緊緊收縮成一團，彷彿也被捏在了那雙無形的大手中央，和花傑一起，碎成粉末。

心臟無法控制的緊縮讓他幾乎不能呼吸，劇烈的疼痛在身體內部亂竄，他全身顫抖，眼前昏花。

這個景象……

這個景象曾經發生過！

曾經就是那個貓女，在他的眼前，被那雙踩著蓮花的赤足，踩得肚破腸流。

那個貓女，是他遭到碧霞元君撕扯靈魂的折磨之後，又被泰昊投入輪迴的第一位母親。因為他實在太脆弱了，強大的妖怪母親對他沒有好處，人類的母親又沒有力量保護他，所以泰昊選擇了牠。

這位母親的力量很弱，連化形為人的能力都沒有，最多只能口吐人言。但牠是真的愛他，對於他的出生，牠是那麼開心。因為他是獨生子，只要牠沒有什麼事，就會待在窩裡替他舔毛，用溫熱的身體把他護得暖暖和和。

牠是在他失去了兄弟姐妹之後，最重要的存在。但也就是牠，變成了他靈魂深處無法癒合的創口。

他眼睜睜地看著牠柔弱的身軀拚命地向他奔跑，他看見牠被活生生踩在女神的腳下，那位鬼怪一般可怕的女神發出瘋狂的大笑。

她降落在骯髒的地面上，微笑著對他說：「不過是死了一隻骯髒的妖怪。不要哭，小賤人，來，讓我吃掉你，一切就結束了。」

她身體殘破，一身襤褸，笑得如同鬼魅，絲毫沒有女神的風範。她已經因為仇恨而變成了惡鬼，正要將他一起拖入地獄。

他一直以為他忘記了，事實上並沒有。

雖然花傑並不是那位貓女。

因為他記得很清楚，那個會替他舔毛的溫柔母親早已在女神的腳下魂飛魄散。

但她們是一樣的。

他終於明白了泰昊的意思。

「不要接近像貓的女人。」

因為，他會為她心碎而死。

雲泰清發出了一聲慘烈號叫，撕心裂肺，痛苦萬分。

那個躲藏在巨浪之中的存在冷眼看著他的垂死掙扎，對他的一切反應都毫不在意，只是在看到他痛苦之時，發出了異常痛快的歡笑聲，鋪天蓋地的大浪帶著無數細白的女性臂膀，如同怪物一般向他襲去。

然而，事情才不會像她想像的那樣發展。雲泰清早已不是那個渾渾噩噩的幼貓，看到母親的死亡也懵懂而不知所措。他就算是瘋狂，也要瘋得有目的、有結果。傻兮兮地將自己的柔軟之處露出來給別人看，才不是他的風格。

雲泰清在號叫之中，又再次踏著空氣中開花一般層層出現的符咒高飛了幾公尺，抽出扳指中的玉笏，順勢拔出了那把雪白的長劍，猛然插進了黑金大陣上最為巨大的那一個旋轉陣圖中央，將所有的力量都注入進去。

剛才被打得滯澀的大陣突然恢復完整，彷彿被上過潤滑油的機器，飛速地反向運轉起來。

這個黑金大陣，是他的哥哥姐姐們為了穩定他的魂魄、為了拯救他的生命所創造出來的東西。要說誰對它最熟悉，那只有他。

要不怎麼說太過自滿總沒有好下場呢？

有時候，就在你沒有注意到的那個地方，就是最大的缺口啊。

第十章

Y U T O Y A W A

當所有的力量都灌入那個最大的陣圖之後，雲泰清逼出一口心頭之血，狠狠地噴了上去。

整個黑金大陣發出了尖嘯聲。所有的陣符原本是黑色中閃著金光，在他的心頭血噴上之後，竟開始向血色轉變，發出了閃亮的紅色光芒。

那些撲向他的大浪就像突然失去了力量，在接觸到他的前一刻驟然回縮，連同那個巨大而無形的陰影一起，被一股更加沉重而宏偉的力量撲回了湖水之中。

那個被封印的魂體發出了聲聲慘叫，卻對這種情況絲毫沒有辦法。她不停地想要衝破束縛，卻只能在湖水底下掀起一丁點水花的小小波浪，如同微風拂面，絲毫構不成威脅。

那些被吸納進被封印者體內的力量又重新灌入雲泰清的身體，他失去的力量、他失去的血液，甚至他曾經失去的那些不重要的記憶碎片，都以一種詭異的方式從黑金大陣中源源不斷地反哺回來。

「這不可能……這不可能……我只差一點點……只差一點點！你這個賤人！你這個賤人！每一次都是你！你毀了我的一切！你這個該死的賤人！」

雲泰清幾乎聽不出這個聲音來自於誰，她已經失去了曾經溫柔慈愛的聲線，甚至失去了那種清亮的尖利。此刻的她，聲音沉鬱，蘊含著滿滿的邪惡和黑暗，如同地獄中爬出的惡鬼。

是的，就是因為她，他六百多年來渾渾噩噩，不斷地出生，又一次次被她找到殺死。泰昊辛辛苦苦在人間設立了視察部和追蹤部浮游，就是為了從她的手裡保護他，同時想辦法趁機殺了她。

可惜，她實在太強大了。她一次次殺他，殺他所愛的人，利用他所愛的人殺他，一次次踐踏他生命中最愛的人，令他痛苦，令他心碎，令他一次比一次更加虛弱。

幻貓阿夢說錯了，碧霞元君的目的根本就不是要「愛他的人殺他」，而是要在最大可能的範圍裡，利用他所愛的那個人，殺死他的靈魂。

泰昊對此防不勝防，也或者是其他的事情牽扯了他的精力，他始終沒有辦法一直陪伴在雲泰清的身邊，便在他的靈魂上刻下了隱匿蹤跡的陣法。從那之後，不僅是碧霞元君找不到雲泰清的下落，連泰昊自己，在雲泰清受到足以令他崩潰的傷害之前，他也沒辦法找到雲泰清。

在這個時候，視察部和追蹤部的浮游又有了第三項任務——尋找雲泰清的下落。就像利用雲泰清的財務帳戶變動，找到「張小明」一樣。好好的一個主神，被這個殘忍暴戾的女神逼成了一個只能依靠現代科技的普通人。

雲泰清看著她在水面之下左衝右突，試圖掙脫那些束縛。可惜她透過邪法吸收的力量如今都被他吸走，她的體內只剩下那些殘破不堪的垃圾，哪裡還有能力掙脫大陣的攻擊。

「那還真是不巧。」雲泰清落在水面上，看著她陰影中滿含血絲的猙獰雙眸，「給妳這個黑金大陣的人沒有告訴妳嗎？這個陣法的真正名字……」

他伸手指了一下天空的大陣，那大陣發出一聲巨大的呻吟，隨即翻江倒海，化作另外一個陣型。

他指了指那個陣型不起眼的地方，「看，那裡還有我的名字。」

密集如蛛網般的陣符的側方邊緣，用古老的文體織就了兩個字：泰清。

那麼久遠的時間與無數次的轉世，無論兄弟姐妹們叫什麼，他就只有一個名字——泰清。

而那位創建了這個黑金大陣的姐姐，在消失之前還和他開玩笑。

「既然是為了你創造出來的大陣，那就叫『泰清護陣』吧。所以你記住喔，無論是誰用了這個陣法，無論他們能做出怎樣的變化，有一點是不會變的——『泰清』二字，會永遠刻印在這個陣勢中。只要你想，隨時都能將你自己變成這個陣勢的陣眼，讓所有被他人吸走的力量全部回歸你的體內。泰清護陣，多麼名副其實啊！不錯吧？哈哈……」

「真是不巧啊……」這個世界上那麼多護陣，碧霞元君不去使用，卻偏偏用了這一個，還將失去記憶的他騙進這個大陣裡來，想將他吞噬……她到底是有多想不開？或者說，她是有多倒楣？

也或者，這中間有著泰昊的手筆。

猶如那個幾百年前便交給了白星的玉笏一樣，就等著百年後的那一天，沉重地捅在這些背叛者的胸口上。

雲泰清落在水面上，看著水面之下那個龐大的陰影，和陰影中露出的那隻巨大眼睛。平靜的湖水再也掀不起風浪，輕柔的波紋從他腳下緩緩漾向四面八方。

「我的記憶到現在其實都不是太完整，總覺得缺失了很大一塊，不過這不重要。」雲泰清說：「至少有一件事我記得。當初妳剛懷我的時候，妳知道我並非妳的孩子，不過還是平靜地接受了。可在那之後的某一天，妳突然憤怒了，開始對我憤恚仇恨，非得殺之而後快。這其中到底發生了什麼？究竟有什麼理由，讓妳非殺我不可？」

她陰陰沉沉地笑了，轟隆隆的笑聲如同地獄傳來的滾雷。

「那是因為——我從一開始就知道我身體裡的是你這個小賤人啊！就你這麼個卑賤的東西，又怎麼配當大帝的孩子！怎麼配讓我生下你！」

她的話音未落，便從他體內傳來一陣鈍痛，彷彿有一把尖刀在肚腹之間翻攪。

這就是讓她孕育他的後遺症了。她不是那些生下他的普通植物、母獸、女人或女妖，作為力量強大的女神、作為母體，只要她不承認他，他的魂魄就會遭受到巨大的打擊，如果他是完整的還好，可他現在依然不夠完整，只是個苟延殘喘的殘魂。

她現在被黑金大陣反噬，從力量上來說做不了什麼，但她的語言並沒有被封印，還可以用這唯一的武器來打擊他。

所以泰昊不希望雲泰清想起她，他努力地將雲泰清與她隔開。可惜啊，雲泰清就是那種你越不讓他做，他就越要做的，最不乖的小孩。

就像他的貓咪母親，牠不讓他出窩，他卻偏偏要跑出去，結果被那個女神的走狗發現，最後害死了牠……

雲泰清仰面朝天，讓濕潤的眼眶漸漸乾涸。他不能哭，他沒有必要哭，他已經找到了這個可怕的女神，很快，他就會把她關進百層監獄裡去，一千年、一萬年，她永遠都別想出來！

她卻完全不知他心中所想，只一逕地用語言拚命辱罵他。

「……你就是個喪心病狂、不自量力的小婊子！只要你存在一天，就是東嶽大帝的威脅！東嶽大帝就是被你個小賤人騙了！你毀了這個世界的主神！你甚至讓我們高貴的神祇無法生育！你要是真的有點良心，就該自己把腦袋伸進這個封印裡來讓我撕了你的魂魄！讓你永不超生！」

雲泰清忍受著體內越發肆虐的痛苦，從刀割一般的疼痛到燒灼一般的劇痛，隨著她的謾罵，潮水一般蔓延到他的四肢百骸，但這不能遮蓋他追求真相的意識。他仔細聆聽著她的話，試圖從裡面剖析出真相。那些仙女雖然肆無忌憚地罵他，但在真相的問題上，卻似乎沒有膽子多說，他便指望她能給他一點點線索，就算痛徹心徹骨，也在所不惜。

「……他為你做了那麼多事，你卻從來都不知道感恩……」

中間有無數毫無意義的謾罵，都被鋪天蓋地的疼痛過濾掉了。

「……你覺得一切都是理所當然，就算讓他付出一切也是理所當然！你懂個屁！你什麼都不知道！也從來都不關心！你以為大帝為什麼那麼痛苦？就是因為你的存在！你早就該沒了！要不是大帝心軟，你早就已經和你的兄弟姐妹們一起……」

她後面的話突然停了下來。要麼是她突然良心發現，要麼是她遭到了禁言。

但雲泰清已經想不了更多了。

劇烈的疼痛讓他的腦子裡一片混亂，隨著母神的詛咒，他的魂魄似乎也開始極不穩定地撕扯和陣痛。無數的記憶被凌亂地組合在一起又被打散，他的意識一會清醒、一會糊塗，他有點不太記得自己是誰，究竟為什麼會出現在這裡，然後很快又發現自己在震怒，似乎有人觸動了自己的逆鱗，但他知道自己只感覺到悲傷和弱者的無奈，彷彿高位者的震怒不屬於他，卻無法控制。

雲泰清張了張嘴，想說點什麼，卻發現自己無法開口，他的身體似乎被另外一個意識接管，發出了不是他自己的聲音。

「話太多了，碧霞元君。」

泰昊的聲音從他自己的喉嚨裡發出，雲泰清感覺有點驚悚，又有點安心，還有點遺憾。

在泰昊降臨雲泰清的身體時，那些疼痛就消失了。

雲泰清知道自己死不了。

泰昊出手，就一定不會讓她再度翻身。

那個巨大的陰影又發出了嘰嘰咕咕的陰笑：「上神啊……當初您和我成婚的時候，可不是這麼叫我的呢……」

明知道自己沒有資格這麼想，但雲泰清又覺得泰昊就是個不可原諒的渣男！

泰昊好像聽到了他的心聲，一隻手撫過他的心臟，就好像在擁抱著他自己。這種感覺很奇怪。他和泰昊向來都是兩個人，但是在他成為他的現在，他卻感覺到一種從未有過的和諧——好像他們原本就該如此。

「我們之間，是等價交換的關係。」泰昊的語氣連變都沒變，但雲泰清聽得出來，泰昊是在向他解釋，「我給予妳榮耀，給予妳力量。而妳，幫我生下泰清。」

她哈哈大笑，巨大的陰影在水中四處亂竄，彷彿在慶祝這一直期待的時刻。

「生下這個小賤人？我生了呀！按照您的意願，這不都生下來了嗎？哦，您是說他不完整？您只要將他嗶——了，他不就完整了嗎？啊，對了，您不想那麼做。但是啊，上神，您要明白——」她的聲音猛然變得嘶啞而粗嘎，將整個水面震得嗡嗡作響，「我也不想那麼做啊！誰讓您一意孤行，非得用盡手段保住這麼個沒用的東西！我就是您腳下的一條狗，也有為了防著您做蠢事而咬您一口的權力！」

所！以！說！所謂的「嗶——」到底是什麼意思啊！這種強行馬賽克讓明知道真相

不是這樣那樣的人都得想歪好吧！明明是妳不要生孩子，怎麼就變成我對泰昊有威脅了？到底這中間發生了什麼啊話別總是只說一半實在太過分了！

泰昊沒有再說什麼，只是控制著雲泰清的身體向空中一捏，黑金大陣就像紙糊的一般，從天幕上片片碎裂。

無數身著各式黑衣白衣的身影從消失的大陣上方顯露出來，他們應該早就在那裡了，不過因為黑金大陣的阻礙，他們沒有辦法進來。

那些黑色和白色的洪流形成了活著的陣符，如同巨大的太極緊緊地扣在那片湖面之上。在大陣碎裂的同時，他們開始高聲吟唱咒語，然而因為人數過多，雲泰清聽不清楚他們在吟唱什麼，只聽到一片嗡嗡的聲音。

黑色的湖面之下，那個黑色的影子號叫著、扭曲著，逐漸被壓制在深深的湛藍色水面裡。之前那些黑色的影子，那些鮮血和殘魂的碎片，都靜靜地消失，就好像從來沒有存在過一樣。

泰昊並沒有讓雲泰清停留在那裡等待著新的封印完成，當然也沒有驚世駭俗地讓他飛回張小明的租屋處。他只是控制著雲泰清的身體落在湖邊，向大門口的方向走去。這一次，路上不會再有封鎖。

張正卿和梁清秋坐在湖邊柔軟的泥土地上驚恐地看著「雲泰清」。他們已經完全確定了他的偽・張小明身分，甚至也確定了他很可能不是人。

雲泰清停在他們面前，泰昊似乎知道他有話要說，於是暫時撤去了控制，他張口對他們說道：「六百三十一年的祭祀，從今天起就結束了。奉勸你們，千萬不要試圖再開啟這個大陣，那後果不是你們能承受的。那個被封印的女人不是你們想像的神靈，你們從她身上得到一絲的好處，她就會數倍從你們身上討回來。今天你們張家還留下張正卿這條血脈，只是一個幸運的意外，希望以後不要自己作死，否則你們張家就真的要絕後了。」

張正卿虛弱地看著他，似乎一時反應不過來。

梁清秋卻反應極快，立刻跪了下來，用之前絕對不曾有的恭敬語氣道：「這位神仙您說得對！我們一定謹遵教誨！絕不再使用這個喪盡天良的祭祀！」

雲泰清點了點頭。泰昊隨即又控制了他的身體，向大門的方向走去。他走過柔軟的泥地，卻沒有留下半點腳印。

從這座湖到大門口的距離，比他之前從門口到堂屋的距離遠得多，但不知為什麼，泰昊控制著他，卻彷彿只走了幾分鐘的樣子，幾乎是抬了幾次腳，就直接看到了那扇鐵藝大門。

看著那扇大門，雲泰清有一瞬間的恍惚。和夢中直接吞噬記憶碎片的感覺不同，這一次是曾經記憶的又一次修復，每一段記憶，在他的腦海中都如昨天發生的一般清晰無比。

多餘的記憶讓他產生了混亂，明明昨天才從門外進來，卻詭異地有種悠悠時間瞬乎百年的錯覺。

大門之外，陽光透過厚厚的雲層，艱難地降落在雲泰清的身上。

黑城和白麗仍是黑色直裰和白色襦裙，一左一右，守護著那扇憑空長在地上的、「須彌芥子」的門扉。

他們見雲泰清出來，連頭也不抬，便直接雙膝跪地，大禮投拜：「恭迎主子歸來。」

他們的態度恭敬得有些過分，躬下去的身體角度也有點過深，就算平時對待泰昊，他們也沒有這麼謹小慎微過。

泰昊控制著他的腳跨出大門。

身前猛地颳出一陣颶風，砰的一聲巨響，將他們二人狠狠地打飛出去。

他們二人半個身體都被打進了柏油地面，挨了好久才終於從地面之下拖行出來，一邊流著鮮血，一邊爬回「須彌芥子」門邊。黑城甚至還記得用他沒沾血的那隻手顫抖著打開門，又趴伏回地面上。

「須彌芥子」內原本是普通的客廳模樣，此時卻變得大得驚人，更像一座巨大的宮殿。

雲泰清走進門裡的瞬間，泰昊從他身上脫離了出去。他看見泰昊的本體正坐在高背王座上，腳下踩著凸刻的十八地獄浮雕。浮雕之下，又是十幾級臺階，臺階下跪伏著兩個人。

黑鷺，黑蛇。

大殿黑暗而冷肅，惡鬼柱上點燃著明亮的火把，卻怎麼也驅散不了那股陰寒。

黑城和白麗悄然從他身後走出，走到那兩人前方的位置，用和剛才一模一樣的姿態跪下。

雲泰清想了想，也走過去，在黑城和白麗的前方停下腳步，跪下，向著泰昊。

從他進來開始，泰昊就一動也沒動，更沒有開口。直到他跪下。

泰昊張了張嘴，低沉地說：「……你這是幹什麼？」聲音在這空曠而冷肅的地方迴盪。

「為了我沒有保護好自己。也為了……」他猶豫一下，「為了你一直在努力隱瞞，我卻毫不猶豫，寧願傷害自己也要去追求真相。」

對於碧霞元君的事，泰昊一直對他隱瞞著真相。在恢復記憶的如今，雲泰清知道泰昊是害怕他的靈魂再次崩潰，但他已經不是那個被母體強行取出的早產兒了，他有自己的思想，也有自己的堅持。甚至，為了那個不知道值不值得的真相，他願意付出半條生命。

他恨透了被保護得好好的，所有他愛的人都莫名為他犧牲，他卻懵然不知因果的狀態。

泰昊發出悠長的呼氣聲。

他在嘆氣，但雲泰清還是要說。

「他們幾人並沒有對我的生命造成威脅，只是不理會我的呼叫而已。」他抬頭看著泰昊，他黑色的眸子隱藏在毓冕珠串之後，在黑暗中閃爍著微微的光芒，「你知道的，他們也是為了你。你不是也利用了他們嗎？」

那幾個人同時一驚，猛地抬頭看向雲泰清。

泰昊輕輕哼了一聲。強大驚人的威壓頓時鋪天蓋地降落下來，雲泰清只是被壓得站不起來，身後四位黑白無常的身體卻發出了令人牙酸的咯吱聲。雲泰清聽得到他們開始紛紛吐血，骨骼和牙齒在那龐大的威壓之下發出顫抖的聲音。

泰昊沉沉地說：「你知道他們都做了什麼？在不恰當的時候解開你的封鎖，在你需要的時候切斷我們之間的聯繫，攛掇那幾個人搶奪你身上的寶物……我是利用了他們，卻不代表他們做的就對。」

雲泰清整個人五體投地趴在地上。

「可是這明明就是你讓他們做的，不是嗎？

「雖然想不起來為什麼，可是我知道，碧霞元君要殺我的理由並不只是因為她恨我——當然她的確恨我，但那只是附帶的。她真正的目的還是因為我對你造成了威脅。」他頓了一下，「我不問為什麼我這種小蝦米會對『你』造成威脅，但作為忠心的下屬，在知道這一點後，會希望在合適的機會將我除去，是再自然不過的了。」

他早就發現了，黑城和白麗對他有種莫名的敵意，這種敵意埋藏在溫柔卻疼痛的治療和嚴厲到不近人情的訓練中。如果不是泰昊的命令，他很懷疑他們誰也不會在乎他的死活，甚至恨不得他在那種訓練和治療中直接死去。

他想起了夢中那兩個看不清楚面容的黑判和白判。夢中，所有的一切都不容他思考；但現在，他卻忽然想起來了。

那兩個人好像黑城和白麗啊！

真的好像。

連那種詭異的惡意，也一模一樣。

在方躍華和周建成的婚禮上，真正保護他的也不是看起來很酷炫實際上沒啥用的黑蛇，而是那兩個稀裡糊塗、明顯什麼也不知道的三叉戟女孩和「特殊浮游」花傑。

比起讓他活下來，比起親手殺了他，他們更傾向於讓他在他們的監控下，非常「不小心」「一個不注意」，死在「敵人」手中，最好是魂飛魄散。

泰昊慢慢地一步一步從臺階上走下來。雲泰清看著他黑色朝靴上刺繡的地獄弱水花紋，緩緩地停在他的面前。

「你是在為他們求情？」

「是。」不過聽起來更像挑撥離間……

「他們可是要殺你。」

「你就算把他們全殺光，也還是會有其他人來殺我。更何況，如果你真的把他們都殺了，這些罪孽，最後還是要記到我的頭上。」

因果律向來是最可怕的東西，聚沙成塔，集腋成裘，你甚至都沒有找到敵人在哪裡，就可能被一刀抹了脖子。

泰昊的下屬遍布生死界，掌管著世間萬物的生死。就算死了這一個，又有什麼用處？還有無數的下屬為他赴湯蹈火，就算為此一死了之，也是他們盡忠職守的絕好證明。

雲泰清知道，這些下屬的存在，來自於泰昊出生時力量的散逸。換句話說，是泰昊散逸出去的力量製造了這些浮游。他們的存在源於泰昊，衷心和愛戴都是藏在骨子裡的。這是深深植根於他們內心深處的刻印，絕對不會改變的東西。

雲泰清是不能感受到和他們同等的忠心，但不妨礙他對這種忠心的理解。

他現在已經夠不受待見了，要是泰昊再為了他殺死這幾位，接下來他可能要面對的就不是個位數的「問題」了。

更何況，他還有其他的理由，比因果律更嚴重的理由。

所以至少在現在，他不能讓泰昊隨意殺了他們。

身後那幾位的咳血聲逐漸變得微弱，涓涓的血液漸漸灌流到了他的手邊。

泰昊沉默了許久，沉沉置於他們頭頂的威壓突然消失。

雲泰清趕緊從那灘血海中爬了起來，起身的時候偷偷回頭看了一眼，那幾位雖然面色如死，但還沒真死。

身上的衣服吸飽了血液，黏膩膩、沉甸甸的。雲泰清嫌棄地拉扯著衣服，說：「白麗！我要洗澡！洗澡水不疼的那種！」

白麗偷看了泰昊一眼，泰昊連個眼神也沒施捨給她。她艱難地站了起來，踉踉蹌蹌地跑向大殿的另外一扇門。

哦，原來出口在那裡。

剩下的三個男人也沒動，非常認命地等待著上司發落。

雲泰清用還算乾淨的兩根手指，小心翼翼地拽了拽泰昊的袖子。

泰昊用一根指頭按住他的腦袋，將他遠遠地推開。

「髒。」他的薄唇吐出了一個讓人心涼的字眼。

雲泰清真恨不得吐他一身血！他這身髒到底是誰弄的啊！這人還講不講道理了！還有沒有一點人性！

大概是雲泰清幽怨的表情娛樂到泰昊，他面上冷酷的表情也變得柔和下來，彈了一下雲泰清的腦門。

雲泰清生氣地向白麗離開的方向走去，留下那三個倒楣蛋直接面對他們為之忠心耿耿的上司。

推開那扇有點眼熟的門，眼前正是「須彌芥子」的客廳，再回頭看去，那扇門果然很眼熟，因為就是以前泰昊在裡面辦公的書房。

雲泰清直接走到浴室，白麗正在調配洗澡的藥水，在看到他進來的時候，停下手中的動作向他屈膝致禮。

他在他們面前早就沒有羞恥心了，直接脫光衣服，跳進浴缸之中。

這次的水，果然一點都不痛！

白麗站在浴缸旁。她身上的血跡已經消失，表情卻依然平板而冰冷，好像下一刻就會張口將他撕碎。

「這種表情，還真是有點可怕呢……」他舒服地喟嘆了一聲。

就是這種表情。在他們以為他還不懂事的時候，在他們以為他看不到的時候，總是這種表情。

所以就算他們都願意跟他玩、照顧他，但他最喜歡的，還是那個表面上對他冷冰冰，實際上對他寵溺得有點過頭的泰昊。

他們並不愛他，連一丁點愛屋及烏的心情都沒有。這是他早就知道的事。因為沒有期待，所以並沒有失望，也沒有悲傷。

雲泰清趴在浴缸邊上，沉默了一會，問道：「花傑……」

「少爺，請節哀順變。」白麗冷冷地說，彷彿在責備他的錯誤。

雲泰清哼笑了一聲，低聲道：「是誰讓她進去的？那麼危險的地方，為什麼你們躲得那麼遠，偏偏要讓她去那裡？」如果不是他們故意推她進去，而身為後盾的黑白無常們卻躲得不見影子，花傑本來不應該死。

她死得那麼慘。

魂飛魄散。

連碎屑都被封印中的女神吸收成了養料。

白麗突然抓起毛巾搓上了他的背，雲泰清痛得頭皮一陣發麻，叫道：「妳幹什麼啊！」

白麗咬著牙，眼圈也紅了，嘴裡卻絲毫不讓人：「花傑本來就不是浮游！她甚至和您沒有任何關係！就是一隻很普通的貓女！就是因為您喜歡貓，只有貓女才能獲得您全心的愛護！所以主子才叫她成為浮游！真正的浮游只要進入碧霞元君的地盤就會被發現，死路一條，所以巴里村和那間夜店才會爆炸！所以我們只能派她去！因為只有她不是真正的浮游！我們不派她，又能派誰？」

雲泰清恨道：「如果你們後來能儘快支援，我又何至於連她都保不住！」

白麗將毛巾狠狠扔進水裡，濺他一臉的水。

她指著他激動地大吼道：「就算是這樣！您竟然也沒死！您怎麼能不死！您怎麼就不死！還填上了花傑的性命！您以為我們願意嗎！如果您乖乖死了，我們又何必這麼折騰！」

雲泰清看著她憤怒扭曲的臉，慢慢地說：「她不知道，你們其實是想要我死的，對吧？」否則，她不會用她的生命來保護他。

她只是一個單純的小貓女，上級的命令是讓她保護他，她就傻傻地保護他，卻絲毫不知道這命令之下，有著完全相反的意思。

就像他那隻傻傻的貓媽一樣。明知道自己不是那個鬼怪般女神的對手，卻跑得四爪血肉模糊，只為來救他。

他拋開那些沒用的念頭，又問：「你們為什麼要我死呢？」

白麗冷冷道：「這可與碧霞元君的事情不同，我們被下了絕對的禁言令，除了碧霞元君那種級別的人還可以稍微透出一點消息給您，我們根本開不了口！」

雲泰清失望至極，不高興地說：「有沒有這麼誇張啊！就像碧霞元君的事，知道了真相，也不過如此嘛！」

白麗不可思議地看著他，「要不是那個大陣莫名其妙地逆轉，把所有本應由碧霞元君吞噬進去的力量都灌入了您的體內；要不是主子及時降臨，落在您的身上，幫您穩住魂魄……您以為您現在還有在這裡抱怨的機會？」

莫名其妙地逆轉……可見，他們也不是很清楚大陣逆轉的真相。

再加上以前，每一次死在大陣詛咒之下的那些人，卻被地府認定為「意外」；那麼多的黑衣白衣使者，在泰昊解封之前，誰也進不去黑金大陣；陣中死了人，勾魂使者只能從大陣之外投入勾魂索……

雲泰清突然明白，黑金大陣不僅是力量傳輸的管道，也是隔絕地府的辦法。

碧霞元君之所以能吃掉張家血脈和魂魄，在六百多年中與地府之間相安無事，就是因為有這個大陣的存在。

從古到今，雲泰清記憶中擁有能夠隔絕主神之力的大陣，僅此一個，別無分號。所以這才是碧霞元君選擇這個大陣的理由。她選擇它是一種「必然」。

那麼，他第一位消失的姐姐，在創造這個大陣的時候，知不知道這個大陣的「副作用」呢？她知不知道她最後的創作，竟然發揮了驚人的力量，完完全全地隔絕了主神呢？

而泰昊，對於這個大陣對他的阻隔，看來也是心知肚明。

那麼，第一個死去的姐姐將他放在那個大陣中，究竟是為了躲避什麼呢？

難道真的是為了對付……

泰昊？

越想，雲泰清的心情越是如墜了石頭一般不斷下沉。

白麗和他同時陷入了沉默。他在想那個大陣，而她在想什麼，他就不清楚了。

泰昊進來的時候，他們才從沉默中驚醒過來。

泰昊揮了揮手，白麗躬身一禮之後出去了。泰昊走過來，坐在浴缸邊盯著雲泰清。

雲泰清感覺到了無限的心虛……於是果斷先發制人：「還……還不都是你，非要向我隱瞞碧霞元君的事情！你早告訴我，不就沒事了？我又何苦折騰自己去知道真相？」

泰昊「嗯」了一聲，「所以，今後即使你再怎樣傷害自己，只要是不能讓你知道的事情，你永遠都不會知道了。」

「不行。」

「你不是吧！這麼冷酷！這麼無情！我都已經威脅到你了！碧霞元君也說了，因為我的存在，你一直很痛苦！都已經事關我們的切身利益了，我就算想知道原因也不行？」

雲泰清氣得把自己埋在了水裡，再也不和他說一句話。

泰昊卻不理他的彆扭，等泡的時間差不多了，不由分說便將他抱了出來，濕淋淋地丟回房間。

雲泰清窩在被子裡跟自己生悶氣，直到泰昊在他身後躺下，伸手環住了他的身體，那股任性才慢慢地平息下去。

雲泰清動了動身體，覺得自己本應該彆扭的，就像這樣，和另外一個男人躺在床上，應該會覺得怪怪的才對。

但是從來沒有。

和泰昊在一起的時候，他總是有種錯覺——身後的這個人，和他是一體的。他們之間，原本不應區分彼此。

就像泰昊降臨他的身體，成為他的一部分時，那般地順理成章，再自然不過。
那麼，既然泰昊不想讓他知道，他就不知道吧。
畢竟是「自己」的命令嘛！
雲泰清發現自己心安理得起來，完全忽略了內心深處那隱隱躍動的不安。

——《幽都夜話・中卷》完

番外：碧霞元君

YUTOYAWA

碧霞元君是最後一個出生的神祇。

可能在她之後，幾億年之後，新的主神吞噬了舊主神之後，還會有新的神祇出現吧。可惜，直到她死去，所有神祇就再也沒有見過新神出生。

神仙們是過了很久之後才意識到這一點。因為他們的生命實在太漫長，相對於生命不到百年的人類螻蟻，他們的生命就像恆星一樣漫長。幾千、幾萬年不見一個新生兒才是正常的狀態，所以他們花費了很長的時間，才終於確定，在九天之上，他們神祇的世界，於碧霞元君之後，再也沒有新神出現了。

當然，那個時候他們並不知道，就連碧霞元君也不是正常出生的神祇。

因為在主神不完整的時候，所有強大的神靈都遭到影響，所有神靈身上的規則都發生了破損，目前也僅僅只能維持他們的存在，想繁育是不可能的。

碧霞元君對於自己並非正常出生這件事當然一無所知。她是北方天帝和崑崙女神的女兒，生命的前三萬多年就像普通的女神一樣波瀾不驚。直到她見到了新的主神。

那一天，天搖地動，星辰暗淡，新的、年輕的、英俊的主神劈開了泰山之下的神界，掙脫了舊神的枷鎖，躍然而出在這個世界。

他一身襤褸，卻無法掩蓋他身為諸神擁有的強大的規則之力。他一旦掙脫束縛，便毫不猶豫地衝向舊神，僅僅是年輕而瘦弱的身體，卻夾帶著驚人的氣勢，如同狂暴的颶風，狂嘯奔騰，洶湧澎湃，勢不可擋，充滿令人戰慄的恐怖。舊規則在新規則的衝擊下瑟瑟發抖，彷彿隨時都會墜落傾頹。

在那一瞬間，那道身影撞入了她的眼睛，撞入了她的心房，令她無法呼吸。

碧霞元君眼睜睜地看著新舊主神的征戰，新神打得狂暴，卻十分辛苦，她忍不住想要上前幫他，卻被她的父神和母神制止。

「那是他們的戰爭，和妳無關。」他們說。

但是……但是，她又怎麼能看著他孤身一人，獨自戰鬥？可是父神和母神嚴厲地制止了她的動作，壓制了她的反抗。

「舊神和新神，總會有勝負，那和妳沒有關係，看著吧。」他們冷淡地說。就像她生命中的每一次一樣。

她卻忽然發現，自己無法忍受這樣的事情了。

不知為什麼，她覺得他不該是那樣孤單的一個，他原本是應該擁有一切，他應該坐在最高的主神寶座上，等待著臣民獻出全部的忠誠。而不是在那些九天之上，繁多卻冷漠的寒星的注視下，等待著一個應有的結果。

在新神終於打破了舊神的桎梏，吞噬了陳舊的力量，成為真正新一任的主神，接管了所有規則的那剎那，她父神和母神解開了對她的禁錮，她翩然躍下九天，飛撲下凡，成為了跪伏在新主神腳下的第一個忠臣。

她的父神和母神對她的選擇難以理解。作為北方天帝和崑崙女神的女兒，碧霞元君

幽都夜話

根本不需要向任何個主神低頭。神祇又不是其他的什麼低等生物，他們受著天道和主神的約束，卻不需要效忠他們。因為神祇擁有著比主神更長的生命，主神的更替也不過是更換了規則，而他們就像朝堂上的老臣，無論龍座上換成了哪個皇帝，都和他們毫無關係。

他們要求她解釋，可她沒有什麼好解釋的。這就是她的命運，是她的心之所向。

她再也不想看到那個強大卻孤單的背影，獨自破碎這個世界困住他的牢籠。

東嶽泰山大帝，成為了新的主神。

第一個跟隨他的神祇碧霞元君，成了泰山神母娘娘。在東嶽泰山大帝太昊之後擁有那麼多忠誠的追隨者中，她是特別的。

她一度為此感到自豪。

直到……

她發現了那隻小老鼠的存在。

剛開始碧霞元君沒有注意牠。神的腳邊會有各種生物來去，這沒什麼奇怪的，蹭點神力回去修煉，對這些弱小的生物而言，就是莫大的機緣了。偶爾神會給予這些生物一些憐惜愛護，但大多時候都會無視牠們的存在，這都不是什麼稀奇的事。

可是有一天，牠搶走了東嶽泰山大帝手上的扳指。

當時碧霞元君就在東嶽泰山大帝的身邊，在難得的閒暇中同他講話，說些下界供奉的趣事。大帝沒有顯露出不耐煩的情緒，但同樣沒有顯露出感興趣的樣子，自從打敗舊神之後，他彷彿一直都是那個波瀾不驚的樣子。

他輕輕地撫摸著手下那肥碩的胖老鼠，好像在聽她說話，又好像漫不經心。她原本對此並沒有特別的感覺，那一天卻對他手下的那隻老鼠百般不愛起來。

碧霞元君用羅扇點了點那隻老鼠，露出一個慈愛的笑容，對大帝道：「主子，您把這隻老鼠賞賜給我吧。我那裡需要一個掌燈的小仙，我看這個小傢伙就不錯。您看我身邊那些仙女，雖然不能登得神位，但也是上仙之人，到哪裡都沒人敢小瞧。」

在神的腳邊沾神力修煉不過是小道，入道成仙才是大道。她當然不是想抬舉這麼個東西，不過既然大帝喜歡，她就勉為其難破個例好了。

也不知道大帝是怎麼想的，整天把這麼個沒用的小東西放在身邊，卻從來不給牠一個前程，而且看上去從來都沒有考慮過這件事。她真有點搞不懂他到底是喜歡這老鼠還是不喜歡了。

碧霞元君從來沒想過大帝會拒絕這種小事，她伸手就要去接，大帝卻立刻捏著老鼠的頸子，將牠提到了自己胸前。

「不必。」東嶽泰山大帝淡淡地說，「牠不願意。」

碧霞元君笑著收回了手，心裡卻十分的不滿。這隻老鼠太愚蠢了，這麼好的機會都不要。

幽都夜話

老鼠懵懵懂懂地看著碧霞元君的臉色，又去看東嶽泰山大帝，結果兩個說話的神都還沒生氣，牠卻不知怎的氣急敗壞了，四隻爪子在大帝的胸口狂撓，要不是神衣和凡品不同，這會都得被牠扯成碎布。

大帝為了阻止牠胡鬧，便伸出了另一隻手托住牠長著短尾巴的屁股，同時也是以防牠掉下去，結果牠就趁此機會拽住了大帝手上的扳指，一口一口地狂咬，直到將之拽下來，用雪亮的門牙咬著，掙脫了大帝的束縛，飛一般地跑掉了。

大帝：「……」

碧霞元君：「……」

旁邊的陪侍仙女：「……」

碧霞元君用羅扇輕掩嘴角，彷彿在笑，眼底卻是冷的。

「這麼不聽話的寵物，主子您不如給我，我肯定給您照顧得好好的。」

大帝卻沒有開口答應，他向她點了點頭，一甩袍袖，轉身而去。

後來她聽說那隻老鼠並沒有被大帝大卸八塊，而是被打了幾下作為懲罰，之後……之後那枚扳指就成了老鼠窩裡最貴重的裝飾品，之一。一直到這隻老鼠壽終正寢，那枚扳指才又回到了大帝的手上。

大帝的親信白麗跟她抱怨：「您說主子……啊，唉，給牠什麼不好，非要給那個！那可是主子的神印！神印是隨便給的嗎？弄得我們現在還需要再派人手守著牠的老鼠窩！生怕神印被別有所圖的傢伙給搶了！您說有意思沒？」

彼時她和白麗在陰森森的轉輪殿裡。

那時這裡還叫轉輪殿，並沒有因為轉世的老鼠銜著大帝一番胡說八道，什麼滿天的蜉蝣多麼好看，讓白麗他們這些大帝的忠實下屬變成那什麼莫名其妙的「浮游」「浮見」，更沒有讓那個牌匾變成什麼詭異的「轉輪司浮游殿」。他們還是普通的地府人員，來到地府的魂魄也會很恭敬地叫他們一聲「白判大人」或「黑判大人」。

碧霞元君並不知道很久以後自己的心態，那個時候她只是模模糊糊地覺得，這隻老鼠是個危險的東西。因為從她心底，有個聲音在反覆叫她知道，那老鼠就是她的威脅，她必須消滅牠，她必須讓牠消失。

不過她沒有想到，這件看起來很簡單的事情，做起來會那麼難。

當然她更不知道，自己所有的一切，包括忠誠、包括愛、包括恨、包括應有的軌跡，從出生之前，就被一步一步地規畫好了。

她不過是走在一條看似坦蕩，其實僅有一條細窄前路可行的生命之道罷了。

碧霞元君斜臥在自己專用的美人榻上，兩位仙女向她和白麗呈上冰涼的仙釀。但這些以往十分適意的東西，今日嚐起來卻尤為澀口，她只是品了一下，便讓仙女退了下去。

「那隻老鼠……」她沉吟了一下，「牠是什麼東西？」

她是神祇，原本這些低等的生物，她應該一眼就能看出牠的所有軌跡，包括曾經的來路和將行的去路。過去她沒有注意到，所以從未認真看過牠，可這次，她認真看了，卻發現她看不出來。

看不出牠的過去，看不出牠的未來，她甚至看不出牠到底是什麼。

白麗小心翼翼地看了她一眼，神情中帶著些微的同情與憐憫，卻又很快地掩飾住了。

「牠是……」白麗猶豫了一下，這事她不該說的，但她知道主子對那隻老鼠的態度，那不是正常的對下屬、對後輩該有的態度。如果說誰有能力也有動力解決那個礙眼的東西，就只有眼前這位女神了。她心中的警報在狂響，可她努力忽略了。她握住碧霞元君的手，用自己的心聲將一切傳達了過去。

碧霞元君的神情自始至終都沒有變過，就好像根本不在乎這些傳過來的資訊。可是白麗知道，她已經憤怒到了極點。

崑崙女神的女兒全身瀰漫著凜冽風雪，觸碰之下幾乎將白麗凍傷，她整個人都在顫抖著，彷彿這個消息比九天崑崙的極寒更讓她心冷如冰。

「牠……怎麼能厚顏活到現在的？」碧霞元君咬著碎玉般的牙齒，慢慢地說。

白麗覺得自己冷到牙齒打顫，不知是碧霞元君的寒氣，還是自己終於背叛主子的恐懼。

「其實，牠沒有活到現在。」白麗輕聲說，「牠是轉世到現在的。牠留戀牠的十個兄弟姐妹，非要讓牠們活過來，可您知道的，那十隻老鼠早就被主子……所以現在活下來的根本就不可能是原本的那些。現在的那十隻，是主子後來才創造出來的，就為了讓牠歡喜……牠蠢到根本沒有發現這一點，還是要跟牠們在一起。那些東西和我們一樣，都是主子甩下來不要的碎片——不，牠們還不如我們，我也不知道主子對牠們是怎麼個想法，牠們既不能成仙，也不能成神，甚至連長久地活著都做不到，只能在人間一遍一遍陷入輪迴。牠也根本不懂，就一直跟著那些廢物在人世輪迴。到現在這麼久了，那些東西都還做不了人，只能做狗啊、蛇啊、山石啊、草木之類的東西，牠就傻傻地跟著牠們變成同樣的東西，不斷轉世重生，所以到現在連靈智都開得有限。」

碧霞元君不可思議地問：「就這麼個愚蠢的東西，主子怎麼就——」

白麗忙向她使眼色，她才將滿心的憤懣和不解壓下去。

「如果我——」她看著白麗，而白麗立刻看清了她臉上的殺氣，「……的話，主子會不會，恢復正常？」

白麗看著她堅定的表情，一時之間竟差點脫口而出——放棄吧，不可能的。

從白麗他們這些碎片產生靈智的那一刻起，他們的主子就沒有真的正常過。或者說，他在任何事情上都正常得無可指摘，除了在面對這隻老鼠的時候。

「大概……吧。」白麗費盡力氣，方吐出一句模稜兩可的話來。

「那不過是隻老鼠……」碧霞元君又不滿地喃喃，「他就不能看我一眼？為什麼就對那隻老鼠……」

可那只是「牠」如今暫時的狀態而已，她們兩個都清楚，只要東嶽大帝願意，「牠」可以成為任何形態的東西。

更何況，「牠」也不只是老鼠而已。

「牠」是東嶽大帝痛苦的來源。

「牠必須死。」碧霞元君冷冷地說。

很快地，她們就得到了一個機會。

有些神不知接到了什麼暗示，覺得自己可以代替東嶽大帝成為新的主神統治世界，於是不自量力地展開了反叛戰爭。

在大帝暫留主神空間的時候，這個世界也不知出了什麼事，突然出現了一場詭異的震盪，波及世界的每一個角落。

碧霞元君就是在這個時候出手的。

她自己也不知道為什麼要這麼急切地動手，更不知道自己為什麼是在這個時候動手，她對這個世界驟然出現的詭異之處一無所知，但她就是知道，這是該動手的時候了。

她不敢直接殺了那隻老鼠，不過她能「順應天命」，在這場由那不知名的神祕力量刻意發起的災難中，讓一場小小的意外「無意間」弄死那隻老鼠……當然，還有牠那十個塵埃般的兄弟姐妹。

老鼠的魂魄一到達地府就被送到了轉輪殿，而碧霞元君帶著從她父神那裡求來的各種法具，還為了安全起見，她又對轉輪殿下了上萬道禁制，斷絕了老鼠可能和大帝之間擁有的連接。

碧霞元君在轉輪殿裡停留了四天，這四天的每一點時間都在爭分奪秒，她看著那隻老鼠在各種法具的折磨下發出痛苦的哭喊和嘶叫，冷漠地下達一個個必須執行的重要命令。

老鼠被一次次分割成了碎片，卻又一次次自動彌合，她無數次地折磨牠，把牠碾成齏粉，又捏碎牠的「核」，讓牠殘碎卻又眼睜睜地看牠回復原狀。

魂魄，是不能失去核的。

但這隻老鼠卻可以自己生長出新的核。

靈魂也是不能分割的。

但這隻老鼠可以被分割，然後任何東西都沒有辦法阻止牠慢慢彌合。

就好像有什麼東西一直在支撐著牠的存在，這個靈魂極不正常地脆弱卻強壯，碧霞元君用盡了一切手段，卻無法分割牠、無法殺死牠，只能看牠無限衰弱，卻不會死亡，而後慢慢地恢復原狀。

連始終圍觀的白麗都震驚於她驟然顯露出來的殘忍與無情，就像突然受到了什麼不知名的東西的控制，所做的事情都是曾經的她說什麼也做不出來的。白麗看起來每每有話想對她說，卻每每又自己閉上了嘴。

碧霞元君不是那種殘忍的神。

但和白麗她們一樣，碧霞元君心裡有著更重要的人、更重要的事情。當事情只有非左即右的選擇時，她只能站在一邊，這是必然的選擇。更何況，她覺得心中有股莫名的急迫感驅使著她，讓她不得不完成這項工作。她的目的很明確，心情也無比堅定，她甚至覺得自己來到人世間似乎就是為了完成這一件事。當然，她知道這肯定是錯覺。

第四天，碧霞元君已經開始有些急躁了。某種預感讓她覺得事情該收手了，可她不甘心，她剛剛將這個該死的魂魄成功分裂在了兩個空間中，或許接下來就有辦法殺死牠。

可她沒有時間了。

第四天將過，禁制的時間即將到達最後期限，就在她的下屬強烈的建議這次到此為止的時候，纏繞在轉輪殿上的上萬禁制就像紙片一樣紛紛碎裂。

不，不只是轉輪殿，整個世界都發生了狂暴的震盪，地府如同颶風中的一葉小舟，被巨大的力量強行撕開，九天神界、萬世人間、陰間地府，所有的空間都在巨大力量的扭曲之下發生了爆裂、撕扯和融合。

無數的神祇在這股毀天滅地的力量之下瑟瑟發抖，數以億萬計的生物在這場憤怒的風暴中化作一線輕煙。

本應統治與看顧這個世界的主神卻對這些災難視若無睹，甚至於，他就是這場災難的主謀。他穿越了空間，瞬間到達了轉輪殿。

他慢慢地走進正在崩毀的轉輪殿，大批的遊魂和鬼判連一聲也沒有發出就化作塵埃，那些參與了這件事的神祇也不能倖免。

最後只剩下碧霞元君，站在唯一沒有崩毀的那一小片地方，拿著那兩顆空間法具不知所措。

「我知道『它』一定會出手，但沒想到，『它』竟然會利用妳。」

深沉而低啞的嗓音，是她最愛的聲音，卻在此時讓她渾身戰慄。

不是因為歡喜，而是因為極度的恐懼。

碧霞元君在想：事情怎麼會變成這樣呢？我怎麼就跟入了魔一樣，非得跟這麼個塵埃一樣的老鼠過不去呢？明明白麗警告過我，大帝是多麼看重這隻塵埃一樣的老鼠，我怎麼就不聽呢？

可是她的身體卻像失去了控制，連一根手指也無法自由行動。她的手有了自己的想法，在她驚呼出聲之前，將其中一顆空間法具猛地塞進了嘴巴之中。

那顆空間法具有著絕對的隔絕作用，所以才能將那老鼠分割成暫時不能融合的兩個部分，但它與她之間卻似乎沒有任何隔絕，在入口的瞬間就融入了她的神體。

這一半老鼠的魂魄，完全被她的神體消化了。

而另外一半，竟在這一半遭到消化的同時乍然碎裂，在空間法具中化作濃霧爆炸開來，連空間法具也抵禦不住這股力量，頓時應聲爆碎，那股濃霧毫不猶豫地飛向東嶽大帝，轉瞬之間已經和他合為一體。

在東嶽大帝躍出泰山之底時，碧霞元君就覺得這個世界有什麼不對勁。她的父神和母神有時也會說，新主神登基之後，這個世界有某些地方缺失了，他們還不能確定是什麼，但主神就是規則，可見，一定有哪些規則有所不全。

然而，長久的時間會磨平一切懷疑和不適，到後來他們幾乎都忘記了這看起來對他們沒有絲毫影響的規則缺失。

直到此刻。

在那股濃霧回到大帝體內的同時，那個缺失的規則，終於回到了它應有的地方。而新任主神的力量驟然籠罩了世界，完完整整，毫無缺失，再沒有比他更完美的神，也沒有比他更完美的力量了。

也是在這一刻，碧霞元君終於意識到了自己存在的理由。她出生的目的，就是要讓東嶽大帝這位新任的主神成為一個完整的神。

她歡喜萬分，甚至忘記了看他隱沒在濃霧之中的表情，她激動地說：「主子！您看！這才是您應有的樣子——」

她還有很多話想說，她想告訴他，她的選擇是沒錯的，那隻莫名其妙的老鼠是原本就不該存在的，她的主子不該是那麼孱弱的樣子，他原本就該這麼強大，完完全全統治這個世界，無論是天道也好，那些牆頭草一樣的神祇也好，都不是他的對手。

可她沒能說出來。

新的主神只是一揮手，她就整個隨風碎裂了。

他雙手輕輕一合，再打開時，整個世界都在他的掌中。他就如同拍碎一個不完美的雕塑一般，雙手一壓，整個世界連同那些看熱鬧的神祇以及他自己，一同灰飛煙滅。

空間破碎，一切化為灰燼。

某個不知名的存在憤怒而瘋狂，但「它」沒有辦法，「它」知道，這是主神太昊的要求，是他最後的選擇。

「它」也只能如此選擇。

時間，在某種不知名的力量之下，倒轉了四天……

四天前，那一場小小的意外殺死了那隻老鼠和牠的十個兄弟姐妹。當那隻老鼠的魂魄到達轉輪殿的時候，碧霞元君和她的下屬已經攜帶著那些可怕的法具在那裡等待了。

白麗將老鼠遞給碧霞元君的時候，手不禁抖了一下。不知怎地，她覺得自己在犯一個巨大的錯誤。

碧霞元君已經向老鼠伸出了手，只需要稍微一動，就可以將牠捏進手心。然後，她全身一震，忽然停住了動作。

「……元君？」白麗疑惑地問。

碧霞元君用奇異的目光看了看白麗，又看了看在白麗手中的小老鼠。她收回手去，撫了撫自己細長白皙的脖頸，就好像那裡曾經吞噬過半個小小的靈魂，而它竟令她如鯁在喉。

白麗也看了看自己手心裡的小老鼠，不知是不是她的錯覺，這隻小老鼠看起來竟有點不大相同。她一時也表達不清，硬要說的話，就是這隻老鼠似乎變得輕了些，又小了些。

可是靈魂怎會變輕變小呢？所有的靈魂都是「核」的投射，除了神之外，本質上都是沒有區別的。可見是她自己的錯覺吧。

碧霞元君笑了笑，揮手讓她把老鼠帶走。

「是我錯了，牠和主子之間有特殊的連接，我們這邊只要動牠一下，主子就會來把我們大卸八塊，不划算。妳送牠入輪迴吧。」

白麗滿腹疑惑，主子和牠之間有連接這件事，她是告訴過碧霞元君的，當時碧霞元君只說她有辦法，叫她不要擔心，此時卻……不過她沒有追問什麼，還是將老鼠送入了輪迴。

碧霞元君也迅速遣散了她的下屬，將一切都還給了她的父神。

等東嶽泰山大帝解決了一切，回到神殿的時候，見到的是一個七、八歲的男孩子，把他的神殿掏鳥扒窩、揭瓦拆柱的情景。

太昊：「……」

他的下屬們一個個如喪考妣，卻還是裝作高興的樣子，告訴他：「少爺的這次轉世，特別活潑可愛呢。」

太昊：「……」不用裝了，別以為他看不出來，他們下一刻就會哭出來的模樣。

只有碧霞元君微笑著，輕搖羅扇，不時為那孩子拉拉衣服、擦擦額汗，如同一個再合格不過的慈母。

這一幕，深深地記在了太昊的心中。

而從那時起，不知為何，這隻名叫泰清的老鼠，每一世都不得善終，總會提前進入地府，在三天內，遭受他毫無記憶的恐怖折磨。

「我說過，只要我們沒有給牠致命的傷害，主子是感覺不到的。」碧霞元君笑著對白麗說。

白麗什麼也沒說。碧霞元君已經變成了她所不能理解的殘忍的女神，可是為了主子，這是必要的過程，她也……只能如此選擇。

「為什麼不直接殺了牠……」即使是白麗，在看到那個小小的魂魄在碧霞元君的殘酷法具下輾轉慘叫的時候，還是會心中顫抖。她寧可一次性用殘忍的手段給牠一個了結，也不願意眼睜睜地看著牠一次又一次反反覆覆地受罪。

幽都夜話

「殺不了的。」碧霞元君用羅扇輕敲她的肩膀，清冷地笑著說：「我試過，不行的。」

白麗驚異道：「您什麼時候……？」碧霞元君所做的一切都在她的眼皮子底下，她只看到她一次次用殘忍卻不致命的手段折磨牠，卻一次也沒有看到她使用必殺的殺招。彷彿她對殺牠不感興趣，只想用這種方法讓牠墮入地獄。

碧霞元君沒有回答，而黑城已經衝了進來，喊道：「主子回來了！」

在第無數次折磨了泰清三天之後，碧霞元君將毫無記憶的泰清交還給了太昊。

太昊感覺不到泰清發生了什麼事，但他感覺得到泰清的靈魂正在漸漸虛弱，某種不知名的原因，讓泰清從靈魂深處開始崩毀。

太昊萬分疑惑，卻對泰清的問題束手無策。驟然的失去會讓他失去理智，放開一切毀天滅地；但是溫水煮青蛙的緩慢折磨卻讓他一次又一次忽視了自己原本應該注意的事情，他只能一次次用自己去撫慰泰清破碎的靈魂，小心翼翼地忍耐住自己最原始的吞噬欲望，消耗自己，勉強維持泰清的平衡。

直到……

泰清的最後兩個兄姐將他送到了泰山神廟，送到太昊的手中，然後在慘叫聲中化作虛無。

太昊這才發現，泰清的崩毀，已經刻不容緩。

他將泰清暫時存放在了自己的體內，去了碧霞元君的神母殿。

「妳願意做我的妻子嗎？」

他需要一個女神的神體，幫他把泰清完完整整地生下來，補全泰清的殘損，讓他恢復原狀。這和神祇的生育無關，她只是一個容器。只是因為她曾經對小泰清表現出來的溫柔，且對他表現出來的無條件的忠誠，讓他必然地選擇了她。

他明白。

碧霞元君也明白。

但她並沒有哭，她笑了，笑得如釋重負，彷彿從出生以來的等待，就是為了等待這一刻。

「好啊。」

——這一次，可是你親自將他送進了我的口中。

——你可……不要後悔喔。

——番外〈碧霞元君〉完

高寶書版集團
gobooks.com.tw

輕世代 FW312
幽都夜話・中卷

作　　者　蝙　蝠
繪　　者　日　夂
編　　輯　任芸慧
校　　對　何文君
企　　劃　方慧娟
美術編輯　林鈞儀
排　　版　彭立瑋

發 行 人　朱凱蕾
出　　版　三日月書版股份有限公司
　　　　　Printed in Taiwan
地　　址　臺北市內湖區洲子街88號3樓
網　　址　www.gobooks.com.tw
電　　話　(02) 27992788
電　　郵　readers@gobooks.com.tw（讀者服務部）
傳　　真　出版部　(02) 27990909　行銷部 (02) 27993088
郵政劃撥　50404557
戶　　名　三日月書版股份有限公司
發　　行　英屬維京群島商高寶國際有限公司台灣分公司
　　　　　Global Group Holdings, Ltd.
初版日期　2019年 7 月
四刷日期　2021年12月

國家圖書館出版品預行編目(CIP)資料

幽都夜話 / 蝙蝠著.-- 初版. -- 臺北市：三日月書版股份有限公司出版：英屬維京群島高寶國際有限公司臺灣分公司發行, 2019.07-
面；　公分. --

ISBN 978-986-361-694-8(中冊：平裝)

857.7　　108006330

三日月書版

三日月書版

GOBOOKS & SITAK GROUP ©